メディアワークス文庫

種もしかけもない暮らし
～花森姉妹はいまが人生で一番楽しい～

鳩見すた

種もしかけもない暮らし

～花森姉妹はいまが人生で一番楽しい～

＃1　種もしかけも肉もない

渋谷《しぶや》駅から電車に乗って、各駅停車で十九分。

川崎《かわさき》の溝《みぞ》の口《くち》駅で降りたら、南口から徒歩十五分。

やがて見えてくる古ぼけたマンションが、「ポメラニアン溝口《みぞのくち》」です。

間取りは全室2LDKで、家賃は相場よりも少しお安め。

こんな名前でペット不可ですし、エレベーターがないのも困りもの。

ですがその住み心地は、なかなかよいようです。


ここはそんなポメ溝口の、三〇一号室のリビング。

南に日当たりのよい出窓があり、春の陽射《ひざ》しをたっぷり浴びた豆苗《とうみょう》がイチゴの空きパックですくすくと伸びています。

こんにちは、その豆苗です。

先日炒《いた》めものに使っていただいて、二回目の収穫に備えている野菜です。

豆苗のいる出窓から見た正面には、台に置かれたテレビがありました。

テレビの左側では、ケージの中でゴールデンハムスターが眠っています。ペットは飼えない物件ですが、ハムスターや鳥は応相談だそうで。

眠るハムスターのケージの上には、壁に写真が飾られていました。そこに写っているのは、燕尾服《えんびふく》を着た六十年配の男性です。

ですがこの部屋の住人は、写真のおじさんではありません。

「まずはわたしが、『種もしかけも』ってこう構えるから」

ローテーブルが端に寄せられた、リビングの中央。

ふわふわしたラグの上で、もこもこしたルームウェアを着た女性が言いました。

両手を掲《かか》げて片足を上げ、飛びかかる鷹《たか》のようなポーズをする女性。

彼女の名前は、花森《はなもり》いずみ。

いずみさんは三十半ばのマジシャンで、最近まで「パピヨンいずみ」という名前でマジックショーに出ていました。

お世辞にも、売れているとは言えません。いまは近所のスーパーでアルバイトをしながら、ときおり結婚披露宴でハトを出したりしています。

「次にちずちゃんがこう構えて、『ナイチンゲールズ』って言うの」

今度はいずみさん、腕を広げてお寿司《すし》屋さんの社長みたいなポーズをとります。

そんないずみさんの右隣には、上下スウェットの女性が真顔で立っていました。

彼女の名前は、花森ちず。

ちずさんもまた三十半ばのマジシャンで、最近まで「Chizu」という芸名でマジックショーに出ていました。

売れてないのもおんなじで、不動産屋さんでパート社員をしながら、ときおり結婚披露宴でトランプの数字を当てたりしています。

「じゃ、一回ふたりでやってみよう。種もしかけも！」

いずみさんが、鷹のポーズを取りました。

「ナイチンゲールズ！」

ちずさんが、お寿司屋さんのポーズで応じます。

「ね？　わかりやすいでしょ。現場では、衣装も白衣にしたりして」

いずみさんが満足そうに、えへんと胸を張りました。

「たしかに、わかりやすい。コンビ名も覚えやすい」

ちずさんは賛同しているようですが、表情は無のままです。

「あれ？　ちずちゃん、しっくりこない？」

「だって私たち、医療に1ミリも携《たずさ》わってないでしょ」

「そんなこと言ったら『ノブナガーズ』さんだって、ホトトギスにひどいことしてないと思うよ」

ノブナガーズさんは、コメディマジックで一世を風靡《ふうび》したコンビです。高い技術とユニークな演出で知られる、マジック界のレジェンドですね。

「ノブナガーズさんのコンビ名は本名由来。信長《のぶなが》さんと、和夫《かずお》さん」

「和夫さん、『ズ』担当なんだ……」

「私たちも『ちずといずみ』を縮めて、『ちずみ』とかにしてみる?」

「なんか韓国料理っぽいね。おなか空いてきた」

「ふざけてないで、ちゃんと集中して。チヂミ」

「いずみだよ!」

期待通りのツッコミだったのか、ちずさんがにやりと笑いました。

「じゃあ、いずみ。そもそも私たちは、なんでコンビを組むことになったの」

「なんでって、ベテランマジシャンに『いまはビジネス姉妹が人気だから、ふたりともピンをやめてビジネス姉妹になれ』、的なことを言われたからだよ」

たしかに思いつくビジネス姉妹は、みんな人気者ですね。

「それならもっと、ビジネス姉妹要素を出していかないと」

「そうは言っても、ちずちゃん。わたしたち、実の姉妹だよ」

いずみさんはふんわりした髪型で、いつもへらっと笑っています。

一方のちずさんはショートカットで、あんまり表情が変わりません。

たしかにこのふたり、言われないと姉妹とは気づけませんね。

「そう。私たちは同じ両親から産まれた、完全なる姉妹。でも顔も雰囲気も似てないから、アピールしないとビジネス姉妹にも見えない」

「アピールって、たとえば？」

「わかりやすく宣言する。私が姉です」

ちずさんがラーメン屋さんの店主っぽく、仁王立ちで腕組みしました。

「じゃあ……わたしが妹にゃん」

すかさずいずみさんが、猫っぽく手招きポーズをします。

ふたりとも、お互いに微妙という顔ですね。

「先にユニット名を決めようか」

「もういっそ、本名の『花森姉妹』にしちゃう？」

いずみさんが提案すると、ちずさんがまたにやりと笑いました。

「ひとついいのが浮かんだ。いずみ。もう一回、『種もしかけも』やって」

「おっけー。種もしかけも！」

いずみさんが、例の鷹のポーズを取りました。

「有馬《ありま》姉妹！」

ちずさんも、お寿司屋さんのポーズで返します。

「なに、ちずちゃん。『有馬姉妹』って」

いずみさんが、きょとんとした顔で問いました。

「私たち、実家が『有馬』でしょ。幡ヶ谷《はたがや》姉妹さんリスペクトだよ」

幡ヶ谷姉妹は、渋谷区幡ヶ谷在住の女性お笑いコンビです。花森姉妹とは逆で、血縁ではないのに顔や雰囲気が似ているんですよね。

「実家ってありなの？　有馬ってマイナーすぎない？」

有馬は川崎の町名なので、地元の人以外はピンとこないでしょう。

「でも語呂《ごろ》はいい。『種もしかけも有馬姉妹』」

それは豆苗も、おおっと思いました。カチッとはまったというか、耳になじむ気がしますね。

「いいと思うけど大事なことだし、一回ごはん食べてから考えよう」

いずみさんは、そろそろ夕食にしたいようです。

「じゃあ、ごはん代わりに柿の種あげるよ」

腰を下ろしてラグをいじっていたちずさんが、手のひらを差しだしました。

「待って、ちずちゃん。いまどこから柿の種を出した？」

「柿の種は、家の中にふと落ちてるお菓子ナンバーワン」

「そんなのわたしに食べさせないでよ！」

いずみさんはぷんすかしながら、部屋の西側にあるキッチンに向かいました。

豆苗のいる出窓からは、カウンター越しに料理をするいずみさんが見えます。

「なんかいい匂い。いずみ、なに作ってるのこれ」

ラグでごろごろしながら、ちずさんが尋ねました。

「石焼きビビンバ」

「韓国料理引きずってる。というか、いまからそんな本格的なもの作るの？」

ちずさんはたぶん、もうちょっと議論したいんでしょうね。

「ぜんぜん本格的じゃないよ。ホットサンドメーカーにごはんを敷いて、余ったナムルとコチュジャンをのっけて焼くだけ。すぐできるよ」

たしかにホットサンドメーカーは、ビビンバの器《うつわ》感がありますね。

「ビビンバって、正しくはビビン『パ』だって言う人がいるでしょ」

すぐにできると聞いて安心したのか、ちずさんが世間話を始めます。

「いるねー。アボガドじゃなくて、アボ『カ』ドみたいな」

「それはつづり的にも、アボカドが正しい。でもビビンバを正確に発音すると、『ピビンバッ』になるらしいよ」

「頭から違うね。でもわたしのは本格的じゃないから、ビビンバでいいよ。なんてったって、種もしかけも肉もない」

いずみさんが、早くもお茶碗《ちゃわん》をふたつ運んできました。

ローテーブルはまだ戻さないようで、ふたりはそのままラグに座ります。

「おいしい。お肉がなくても、ぜんぜんビビンバ」

ひとくち食べて、ちずさんが目を丸くしました。

「ね。おこげの力は偉大だよね」

作ったいずみさんも、満足そうな表情です。

「私たちの挨拶も、このくらいゆるくていいかもね」

「ゆるい……うーん……あっ、思いついた」

いずみさんの視線が、豆苗のいる出窓に向きました。一瞬どきりとしましたが、いずみさんが見ているのは豆苗の「隣」のようです。

「わかった。やってみよう」

なにかを察したようで、ちずさんがうなずきました。

ふたりが立ち上がり、同時に声を上げます。

「種もしかけも！」

そうしていったん身をかがめ、またすぐに立ち上がって声をそろえました。

「アルマジロ！」

実は豆苗の右隣には、アルマジロのぬいぐるみがいるのです。

まあ普通のぬいぐるみではないのですが、そちらの話はまたおいおい。

「認めようか、いずみ。私たちはいま、迷走している」

ちずさんが、にこりともせず言いました。

「そう？　わたしはこれ、子どもにはウケると思うよ」

いずみさんは、推したいようですね。

「子どもウケは……大事だね。リズムネタみたいに、まねしてもらえると強い」

「じゃあ『有馬姉妹』三回に、一回『アルマジロ』とかは？」

「悪くないかな。すべり前提のネタがあると、場の空気もつかみやすいし。あと『有馬姉妹！』を言うのは、立ち位置的にいずみのほうが自然」

「おっけー。じゃあ、やってみよう」

ふたりは顔を見あわせて、もう一度決めポーズの練習を始めました。

今度は「種もしかけも！」をちずさんが言い、それを受けて「有馬姉妹！」と決めるいずみさん。すぐさまちずさんが「私が姉です」と名乗り、いずみさんが「わたしが妹にゃん」と笑顔を振りまきました。

「いいね。しっくりきた。いずみは？」

「うん。一緒に暮らし始めて三ヶ月。ようやく方向性が見えてきたかも」

ビジネス姉妹の有馬姉妹は、家ではリアルな花森姉妹。

かくかくしかじかで一緒に住み始めたふたりは、あれこれ考えがちなお年頃。ですがいまのところはのんびりと、ゆるゆる楽しく暮らしています。

豆苗はそんな姉妹を出窓から見守り、笑い、癒やされてきました。

おひまでしたらみなさまも、一緒に楽しんでいただければ幸いです。

まあ豆苗、じきに収穫されちゃうんですけど。

#2　無味でおいしいパンまつり

窓の外から、ふっと菜の花の香りが流れてきました。

春はどの植物も生き生きしていて、豆苗も仲間としてうれしいです。

どうやら人間も、この時期はウキウキしてしまうみたいですね。

「おはよう、ちずちゃん」

豆苗のいる出窓から向かって右側には、ドアがふたつ並んでいます。

いま奥のドアを開けて出てきたいずみさんが、すでにリビングにいたちずさんに挨拶しました。

「おはよう、いずみ。よく寝た顔だね」

ちずさんはマグカップに息を吹きかけ、なにかを飲んでいます。

「睡眠は大事だよ。お年頃の女子としては、やっぱり健康に気を使わないと」

いずみさんが、うんとのびをしながら答えました。

「お昼近くで寝間着《ねまき》の人が言っても、説得力ないよ」

「もうそんな時間？　あ、ちずちゃんがスウェット着てない」

いつも上下ねずみ色のちずさんが、今日は珍しくジーンズをはいています。

「ちょっと早起きして、買いものに――」

「う……うわあああああああっ！」

ちずさんの言葉にかぶせて、いずみさんがいきなり絶叫しました。

「うるさ……どうしたの、いずみ」

ちずさんが耳をふさぎながら、けれど無表情に尋ねます。

「裏切られたっ！　ちずちゃんが自分だけ、いまどき女子になろうとしている！」

「なに、いまどき女子って」

「白々《しらじら》しい！　早起きして白湯《さゆ》を飲む女子のことだよ！　いまどき女子のモーニングルーティンは、白湯に始まり白湯に終わる。みんなきれいになるために、無味《むみ》な人生を送ってるんだよ！」

「味がないものへの敵意が強すぎて、『すっぱいぶどう』みたいになってる」

自分が取れなかった木の上のぶどうは、すっぱくてまずいに違いない。そう決めつけるキツネの負け惜しみを描いた、イソップ寓話《ぐうわ》のことですね。

「信じてたのに！　ちずちゃんは、惰眠《だみん》ポテチサイドだと思ってたのに！」

「少なくとも、筋トレスムージーサイドではないね。というかいまは、めちゃめちゃそっちサイドだよ。白湯を飲んでるのはカロリー相殺《そうさい》」

「カロリー惣菜《そうざい》？」

「ほぼ同じ意味だね。ほら」

ちずさんが、テーブルの上のレジ袋を指さしました。

「どうしよう。中からささみとブロッコリーを蒸したのが出てきたら……あ、パン出てきた……またパン？　……パンばっかり出てくる」

いずみさんが袋の中へ手を伸ばすと、惣菜パンやら菓子パンやら、個包装のパンが次から次に出現します。

「早起きして、スーパーに行ってきた。手がべたべたになるくらい砂糖まみれの、甘いパンをたくさん買ったよ。もうじゃりじゃりと、三個も食べてる」

「ちずちゃんそれもう、焼け石にお湯だよ」

惰《だ》ポテ民のいずみさんも、ちょっと引いていますね。

「祭りのときは、いくら食べてもよいとされているんだよ。短期間のうちに、シールを集めなきゃいけないからね」

「お祭り……？　ああ、お皿がもらえるあれ？　そっか。もう春なんだね」

いずみさんが微笑《ほほえ》んで、窓の外に目をやりました。

姉妹の四季の感じかたは、ちょっと独特です。

「いずみも食べる？　ソーセージの上に、マヨたっぷりのパンもあるよ。パンは春の味覚なんだから、実質七草だよ。カロリーゼロだよ」

その説は、「がんばった自分へのごほうび」理論より危険です。

「ありがと。でも今朝は、食べるもの決まってるんだよね」

いずみさんが、キッチンでお湯を沸かし始めました。

その手には、四角くて白い箱が握られています。

「カップ焼きそば？　健康を気づかう、お年頃の女子どこいったの」

「昨日の夜に食べるの我慢したんだから、実質カロリーハーフだし」

危険な思想をつぶやきながら、いずみさんは容器にお湯をそそぎます。

しばらくすると、キッチンのシンクが「べこん」と音を立てました。

同時に、いずみさんの悲鳴が上がります。

「いずみ。聞くまでもないけど、お湯と一緒に麺『だばぁ』した？」

「……わざとだから。生活あらためようって思ってたから。お年頃女子だから」

いずみさんは目元の涙をぬぐい、にっこり笑いました。

「やせがまん型の伏線回収」

「自営業だし、健康診断も受けないとね。あと乳がん検診も」

「乳がん検診は、四十歳から二年に一回がいいらしいよ。まあ四十なんて、あっという間にくるだろうけど」

人間は歳《とし》を取ると、時間の経過を早く感じるそうで。

「四十かあ……自分がそんな大人になった気がしないよ」

いずみさんが、ため息をついてリビングに戻ってきました。

「心はそうでも、体は老いてる。長生きしたいなら、健康意識は持つべきだね」

「甘いパンむさぼりながら言われても」

「人が死の淵《ふち》で後悔するのは、『やったこと』より『やらなかったこと』。私は健康な食生活で長生きよりも、不健康な食生活で長生きを選ぶよ」

キリッとした顔で言うと、ちずさんはじゃりじゃりとパンを食べました。

「よく聞くと、虫がよすぎること言ってない？」

誰だって、お菓子ばっかり食べて大往生したいですよね。

「でも実際そうだよ。健康の話しながら食べても、パンはおいしい。糖と脂《あぶら》は私を幸せにしてくれる。体に悪いわけがない」

まあメンタル面は間違いなく、向上すると思います。

「……やっぱり、わたしももらう！」

そそのかされたいずみさん、ソーセージマヨパンの袋を開けました。

「でも、いずみは気をつけてね。すぐ太るから」

信じた瞬間にはしごをはずされ、いずみさんが「うっ」とうめきます。

「たしかにちずちゃんは、昔からぜんぜん太らないよね……」

「祭りのとき以外は、それなりに節制してるしね。太ると服が着られなくなって、出費が増えるから」

ちずさんの生活基準は、だいたいにおいてコスパ重視です。このお祭りでもらえるお皿も、かなりお得みたいですよ。

「でもパンおいしい……わたしもしばらく、無味な人生を送るよ……」

こうしてパンまつりの間、ふたりは白湯を飲み続けたのでした。

#3　へべす！

出窓から見える桜の枝から、ひらりと花びらが舞いました。

夕暮れという時刻もあいまって、少しもの悲しい気分の豆苗です。

花森《はなもり》家のリビングでも、いずみさんが床に三角座りをしていますよ。

「やっぱり……怖い……」

普段はのんびり屋のいずみさんですが、今日はアルバイトから戻ってくるなりそわそわと落ち着きません。

いまもおっかなびっくりした様子で、クッションを盾《たて》のように構えています。

「いやでも……もしかすると……？」

なにかを恐れているようですが、ときどき期待に目を輝かせる瞬間も。

そんないずみさんの眼差《まなざ》しは、テーブルの上の紙袋に向けられています。

「ただいま」

いい案配《あんばい》に、ちずさんが仕事から帰ってきました。

「おかえり」

いずみさん、紙袋から目を離さずに返します。

「どうしたの、いずみ。めちゃくちゃかわいい子猫がセミをくわえてきた、みたいな複雑な顔してるけど」

スーツ姿のちずさん、言い得て妙なツッコミです。

「『へべす』」

「なに？　滅びの言葉？」

聞き取れなかったのか、ちずさんが首をかしげました。

「違うの、ちずちゃん。この紙袋に、『へべす』が入ってるんだよ」

「『へべす』ってなに」

「わかんない。バイト先の店長に、『おいしいよ』ってもらったんだけど」

普段のいずみさんは、スーパーでレジ打ちのアルバイトをしています。

「じゃあ食べものでしょ。開けてみれば」

ちずさんが紙袋に手を伸ばすと、いずみさんが慌てて取り押さえました。

「だめだよ！　食べものの定義は人によって違うでしょ。それこそ、猫にとってのセミみたいなものが入ってるかも」

「店長さん、猫なの？」

「猫背」

「それ人類の半分くらいが猫になるよ」

「そうなったらかわいいね。猫飼いたい」

「うちはペット不可だし、ハトもハムスターもいるでしょ」

ちずさんがあきれ顔になりました。

ちなみに花森家のハトは、豆苗がいる出窓からは見えない玄関にいます。

マジシャンが使う「銀バト」は、暗所でおとなしくなるそうで。隠しポケットから羽ばたいてもらうために、普段から環境に慣らせておくそうですよ。

一方ハムスターのケージは、テレビ台のすぐ横にありました。いまは素焼きのハウスで寝ていますが、そろそろ起きる時間ですね。

「店長は猫じゃないけど、少しあやしいんだよ。石油王でもないのに、この間シュークリーム四個もくれたし」

「悲しいね。庶民だから、石油王の資産レベルがわからないね」

言いながらちずさん、紙袋に手を伸ばしました。

するといずみさんが、素早くローテーブルを引っ張ります。

「危ないよ、ちずちゃん！　中に入ってるのは、『へべす』なんだよ！」

「でも『へべす』がなにか、いずみは知らないでしょ」

「だから怖くて開けられないんだよ」

「それなら調べてみれば」

ちずさんが、テーブルの上にあったいずみさんのスマホを指さします。

「だめだよ。調べて怖い画像が出てきたらどうするの」

「怖い画像ってどんな」

「卵を三角コーナーに割り落として、殻《から》をうどんに捨てて『へべす！』とか」

「それ『写真でひとこと』の、お題画像だよ」

「じゃあ三年掃除してない三角コーナーの裏側を見たときの、『へべす！』」

「さっきから『へべす』が悲鳴だし、三角コーナーとなにかあった？」

「ともかく、知らないものが出てきたら怖いの！」

いずみさんの剣幕に、ちずさんが眉をひそめました。

「珍しいね。いずみがそこまで人を疑うの」

「店長を疑ってるわけじゃないけど、わからないものは怖いから……」

どうもいずみさん、本気でおびえているようです。

「じゃ、私が検索してあげるよ」

業《ごう》を煮やしたちずさんが、自分のスマホで調べ始めました。

「おお、これは……予想外の結果」

「ちずちゃん、どう？　何角コーナー？」

「三角でも四角でもないよ。色は全体的に緑だね」

「全体的に緑……！」

「すごく水分が滴《したた》ってる」

「すごく滴ってる……！」

なにを想像したのか、いずみさんは「ひい」と身をかき抱きました。

「安心して、ゾンビとかじゃないから。ほら」

ちずさんが、スマホの画面をいずみさんに向けます。

「ひっ…………………………すだち？」

画面の中には、半分に切った緑の果実の断面が並んでいました。しぼった瞬間の写真なんかは、すごく水分が滴っていますね。

「『へべすは宮崎《みやざき》原産の柑橘類《かんきつるい》。すだちとかぼすの中間の大きさ』、だって。香りがよくて、あんまり酸っぱくないらしいよ」

「へー。あ、すごい。『肉にも魚にもあう』って」

さっきまでと打って変わり、いずみさんはスマホに見入っています。

「で、これが本物」

いつの間にか紙袋を開けたちずさんの手に、まりもサイズの果実がありました。

「見た感じ、すだちだね……うん。ほんのりいい香り」

いずみさんの鼻が、ふくらんだりしぼんだりしています。

「さて。解決したところで、私は着替えてくるよ」

「じゃあわたし、へべすでお夕飯作るね」

「さっきまで店長さんを疑ってたのに」

「だから、店長を疑ってたわけじゃないってば」

ではいずみさんは、なにを疑っていたんでしょう？


さてさて。

夕食ができるまでの時間で、少し花森家の間取りをおさらいしましょう。

まず豆苗のいる出窓から見て、左手がカウンターのあるキッチンです。

いまはいずみさんが、寸胴鍋《ずんどうなべ》にお湯を沸かしているのが見えますね。

その反対側、リビングの右手にはドアがふたつ並んでいます。

半端に開いている奥のドアが、いずみさんの部屋ですね。手前の「ＣＨＩＺＵ」と木製ブロックが貼られたドアが、ちずさんの部屋です。

おや、ちょうどちずさんが出てきましたよ。

黒いスーツから一転、いつものスウェット上下ですね。

「まじろう、テレビの電源をオンにして」

ちずさんが言うと、豆苗の隣で『うむ』と返事がありました。

すぐにテレビの画面に、ニュース番組が映ります。

いつも豆苗の右隣にいる、アルマジロのぬいぐるみ。

姉妹から「まじろう」と呼ばれている彼は、ぬいぐるみに見えてさまざまな仕事をこなすＡＩスピーカーなのです。

「ごはんできたよー」

いずみさんが、どんぶりを運んできました。

「おお、すごい。おしゃれ」

どんぶりの中を見て、ちずさんが目を輝かせます。

透き通ったスープの中に、たぷんと沈んだおそば。

しかしなにより目を引くのは、そばの上にこれでもかと浮かべられた、輪切りにされた「へべす」でした。

「『へべすそば』。おいしくて映《ば》えだよって、ネットにあったから」

できばえをほめられて、いずみさんは得意顔です。

「たしかに、これは撮りたくなる」

「ね。壁に貼る北欧っぽい板みたいで、すごくおいしそう」

「いずみ、ファブリックパネルをそんな目で見てたの？」

「いいから食べよ。いただきまーす」

姉妹がそれぞれ箸を取り、そばをちゅるりとすすりました。

「すごい、さわやか。酸っぱいというか清涼《せいりよう》」

ちずさんがへべすを見つめ、へえと感心しています。

「うん。夏の昼下がりに、エアコンの効いた部屋で食べるそうめんみたい」

「麺の種類変わってる」

「これすごいよ、ちずちゃん。へべす自体もぱくぱく食べられる」

「薄切り正解だね。お酒も試してみようか」

ちずさんがキッチンから、焼酎《しようちゆう》やらグラスやらを持ってきました。

「見て、ちずちゃん。こんな小さいのに、少ししぼっただけで果汁が1センチ」

いずみさんがしぼって皮ごとグラスに入れたへべすが、しゅわしゅわと炭酸水に翻《ほん》弄《ろう》されています。

「味は……少し弱めかな。でも香りがいいから、すぐに口をつけたくなる」

いずみさんと比べると、ちずさんの食レポは的確で助かります。

やがておそばを食べ終えたふたりは、二杯目のへべすサワーを飲み始めました。

「いずみ。もしかして店長さんから、いやなことされた？」

満腹のタイミングを見計らって、ちずさんが切りだします。

「え？　ぜんぜんされてないよ？　店長はいいおじいちゃんだよ？」

いずみさんは、他人事《ひとごと》のようにきょとんとなりました。

「じゃあなんで、へべすの件で疑ったの」

「それは……あ、そうだ。後片づけしないと」

なぜかそそくさと、腰を浮かせるいずみさん。

「飲み終わったら一緒にやるよ。で、店長さんを疑った理由は？」

「ええと……そうそう。洗濯物をたたまないと」

「それも一緒にやる」

その後もいずみさんは、「詩を吟《ぎん》じないと」とか、「あれをそれしないと」と逃げましたが、すべてちずさんに論破されました。

「うう……なんていうか、怖かったんだもん」

ようやくいずみさんが、胸の内を白状します。

「怖いって、なにが」

「わからない」

「いずみ」

ちずさんの眉が、片方だけすーっと角度が上がりました。

「違うよ、ちずちゃん。『なにが怖いのかわからない』って意味じゃなくて、『わからない』が怖いってこと」

「なにそれ。哲学？」

上がっていたちずさんの片眉が、すーっと元の位置に戻ります。

「おとといわたし、『三角コーナーマン』に会ったんだよ……」

「パンがヒーローの子ども向けアニメに、いそうでいないマンきたね」

「わたしね、家に帰ってきたらまずドアノブを握るんだけど」

「人類はみんなそうだね」

「そういう意味じゃないよ。鍵を開ける前に、ドアを開けてみるってこと」

「なんでまた」

「だって自分より先に、ちずちゃんが帰ってきてたらうれしいから」

いずみさんが言うと、ちずさんが間を置いてうなずきました。

「まあ……気持ちはわかるかな。防犯的には問題ありだけど、『ただいま』って言って『おかえり』が返ってくるとうれしいしね」

「でしょ。それでおといも、まずドアノブを握って回したんだよ。そしたら鍵がかかってなかったから、わたしは『ただいま』ってドアを開けて——」

「ちょっと待って！」

ちずさんが、いずみさんを遮《さえぎ》ります。

「おといって、私の帰りが遅かった日だよね？　なんで鍵が開いてたの？　私かけ忘れてた？」

「……ううん、忘れてなかったよ」

その言葉には、ホラー映画好きのちずさんも顔色を変えました。

「それって、まさか……」

ごくりと唾を飲む音のあと、いずみさんが続けます。

「そう。ドアを開けたら、『おかえり』って言葉が返ってきた。そしてわたしの目の前には、顔に三角コーナーをはめた男が──」

ぎゃあと叫びかけたのは、豆苗だけでした。

ちずさんは、こんなときでも至って冷静です。

「三角コーナーって、顔にはまる大きさかな……？　あ、わかった。それ男って言うか、男の子でしょ。二階に住んでる六歳くらいの」

「そう。わたしは三階まで上がったつもりで、間違えて一階下の二〇一号室のドアを開けちゃったんだよ」

なるほど。そういうことでしたか。

「男の子も、お母さんが帰ってきたと思っただろうね。驚いてた？」

「ううん、三角コーナーマンはクールだったよ。『おとーさーん。上の階の人が腰抜かした』って、ご主人を呼んでくれた」

顛末《てんまつ》を聞いて、ちずさんはくつくつ笑いました。

「エレベーターのないマンションの、『あるある』だねえ」

「そんなお気楽な話じゃないよ。知ってるはずのところから知らないものが出てくるのって、ものすごく怖いんだから」

「そういえば、今日も言葉の端々で『三角コーナー』って言ってたっけ」

「だからへべすも確認したくなかったし、ドアも半開きなんだよ」

いずみさんが、ちらりと自室のドアに目を向けました。

「まあ普段から、ぼーっとしてるいずみが悪い。これからは刮目《かつもく》して生きて」

「ちずちゃんが冷たい」

「あと今晩ホラー映画見るから、ドアは閉めといたほうがいいよ」

「ちずちゃんの鬼！」

などと言っている間にも、夜はさらさら更《ふ》けていきます。


午後十一時を回りました。

いずみさんはしっかりドアを閉め、おそらく自室で就寝中でしょう。

いまのリビングでは、ちずさんがひとりハムスターとたわむれています。

きっとこれから部屋を暗くして、ヘッドホンでホラー映画を見るのでしょうね。

それでは豆苗も、そろそろ意識を遮断させていただきます——。

「さて、やろうかハム吉《きち》」

ちずさんがハムスターをテーブルに乗せ、なにかごそごそと始めました。

「H、A、N、A、M、O、R、Iと。あとはこれをプレートに貼って……ん？　なにをしてるか気になる？　表札を作ってるんだよ」

手元をのぞきこむハム吉の顔を、指でつつくちずさん。

「二〇一号室のドアも、うちと同じで飾りとかないからね。こうやって目立つ表札を貼っておけば、ドアを開ける前に『表札ある。うち！』、『表札ない。よそ！』って気づくでしょ」

ハム吉はわかっているのかいないのか、木のブロックをかじっています。

「個人情報とかあんまり出したくなかったけど、いずみが怖がってたしね」

なんだかんだ言って、ちずさんは優しいですね。

明日のいずみさんがどんな顔で帰ってくるか、いまから楽しみです。

#4　ご機嫌取られカレー

出窓から見える空が、だいぶ暗くなってきました。

でも溝《みぞ》の口《くち》の街は飲み屋さんが多いので、通りはそれなりに明るいです。

そんな赤提灯《あかちょうちん》が照らす道を、いずみさんが帰ってくるのが見えました。

ややあって、玄関の外から「うわっ」と声が聞こえてきます。


「ただいま、まじろう」

帰宅したいずみさんがリビングで言うと、

『うむ。よく帰った』

豆苗の右隣で、アルマジロのぬいぐるみが答えました。

AIスピーカーのまじろうが武士口調なのは、姉妹の趣味みたいですよ。

ちなみに豆苗の左隣には、クリスマスツリーがいます。

もうすっかり春なんですが、去年からずっと出しっぱなしみたいですね。

「まじろう、ちずちゃんはいまどこ」

いずみさんが、落ち着かない様子で問いかけました。

『すまぬ。よくわからぬ』

「なんでわからないの」

『GPS機能はないのだ。して、なにゆえちず殿を捜しておる』

おや。

今夜のまじろうは、ずいぶんよくしゃべりますね。

「いま玄関のドアを見たら、表面に『HANAMORI』って木のブロックで作った表札があったの。ああいうの」

いずみさんが、ちずさんの私室のドアを指さしました。その表面には、木製ブロックで『CHIZU』と描かれたプレートがかかっています。

「わたしは正直、ああいうの子どもっぽいと思ってたんだけど――」

『え、そうなの？』

今度はまじろう、急にフランクです。

「うん。でも玄関にあれが貼ってあったの見て、すごく『うち！』って感じがしてうれしくてさー。これで間違って二階のドアを開けることもないし、早くちずちゃんにお礼を言いたいんだよ」

『それがしは、いずみ殿のほうが子どもっぽいと思うがの』

どうしたのでしょう。

今夜のまじろう、アルマジロなのにやけに好戦的です。

「そんなことないよ。今朝もちずちゃん、シリアルを食べるときにスプーン落っことして、水道で洗おうとして、ぶわーって水が跳ね返ってびしょ濡《ぬ》れだったし」

いずみさんが、くすくすと思いだし笑いをしています。

『それは、うむ。寝起きで判断力が鈍っていたのであろうな。決して子どもっぽくなどない。むしろ働く大人らしいとさえ言える』

なんだかまじろう、むきになっていますね。

「そうかなあ。ちずちゃん子どもだよ。もうすぐお夕飯だよって言ったのに、お菓子でおなかいっぱいにして後悔してるし」

『くっ……いずみ殿だって、朝食用に買った菓子パンを、我慢できずに夜のうちに食べるであろう』

「それはまあ、あるけど。でもちずちゃん、道ばたに棒きれが落ちてると、いまだに拾いたい誘惑に駆られてるよ。顔には出てないけど、わたしにはわかるよ」

『そっ、そんなことは……』

まじろう、なぜか苦しげです。

「あ、わかった。ちずちゃんは子どもっぽいというより『ぽん』なんだよ。わたしが作ったローストビーフ、チンしてビーフにしちゃうし」

『いずみ、いま私をぽんこつって言った？』

「まじろうじゃないよ。ちずちゃんのこと」

『すまぬ。よくわからぬ』

いままで流暢《りゅうちょう》にしゃべっていたまじろうが、いつもの調子に戻りました。

あれっといずみさんが首をかしげていると、キッチンカウンターの向こうにちずさんがにょきにょきと現れます。

『いずみ、なにか忘れてない？』

どうやらさっきまでのまじろうは、いつの間にか帰宅していたちずさんが隠れて声まねをしていたみたいですね。

そういえばまじろう、名前を呼びかけないと反応しない仕様でした。

「忘れてる？　なんだろう。おかえり？」

「『おかえり』じゃないよ。そもそも私たち、さっきまで一緒にいたでしょ」

そこでいずみさん、「あっ」となにかに気づきました。

「帰りが一緒になったからスーパーで買いものして、レジに並んでるときにちずちゃんがトイレにいって。わたし、会計が終わってそのまま帰ってきちゃった……」

どうやらいずみさんが忘れたのは、ちずさんの存在のようです。

「どの口が、私をぽんこつなどと言うのか」

ちずさんが、片眉をずいとあげました。

「面目《めんぼく》ない……面目ない……」

いずみさん、さすがに平謝《ひらあやま》りです。

「おまけに子どもっぽいとか」

「ごめんてば。でもすごいね、ちずちゃん。わたしより先に帰ってくるなんて」

「このドッキリやりたくて、必死で走って追い抜いた」

よく見れば、ちずさんの額には汗が浮かんでいます。

いずみさんが、くすくすと笑いました。

きっと心の中で、「そういうとこだよ」と思っているんでしょうね。

「とりあえず、ちずちゃん。スーパーに置いてきたことはごめん。お夕飯、カレーにするから許して」

いずみさんが頭を下げると、ちずさんが口を開きました。

「ならよし」

表情はあまり変わりませんが、もう怒ってはいないようです。

カレーで簡単に機嫌が直るなんて、それこそ子ども——じゃないですね。

むしろ素直に受け入れる、大人の対応なのだと思います。

「あとちずちゃん、玄関の名前ブロックもありがとう。これでもう、三角コーナーマンに会わなくてすむよ」

『よきにはからえ』

ちずさんが、まじろうの声真似《まね》で答えました。

花森《はなもり》姉妹はけっこう子どもですが、ちゃんと大人でもありますね。

#5　二日目カレーのように

いまの豆苗の寝床は、イチゴの入っていたパックです。

以前は豆腐のパックだったので、気分的にはセミダブルですよ。

そんな豆苗、そろそろ収穫の頃あいです。

姉妹の暮らしを見守るのも今夜が最後――かと思いきや。


「ちずちゃん、ごはんできたよ」

いずみさんがリビングに運んできた夕食は、昨夜に引き続きカレーでした。

「ん、二日目の味。よき」

ちずさんがひとくち食べて、うむとうなずきます。

「ちずちゃん。二日目のカレーが、なんでおいしいか知ってる?」

「グルタミン酸と、でんぷんが溶けだすから。あと一部スパイスの香りが飛んで、風味がマイルドになる。ひとことで言うと、『まろやかなコクが出るから』」

「つまんない」

ちずさんの完璧な解説に、いずみさんは口をとがらせています。

料理は自分の領分だから、知識を披露したかったんでしょうね。

「私はカレーって、スパイスが命だと思うよ」

「じゃあちずちゃんは、初日のほうが好き？」

「そのはずなんだけど、二日目もおいしいんだよね。コクが出てるというより、二日目は懐《ふところ》が深い。シリアスもコメディもいける、ベテラン俳優の円熟味《えんじゆくみ》」

映画好きのちずさんらしい、わかるようでわからないたとえです。

ともあれこのぶんだと、明日も豆苗の出番はなさそうですね。


「最近こういうの、よく見るよね。契約結婚？ 的なの」

食事を終えたふたりは、リビングでテレビを見ていました。

番組表をチェックしていたいずみさんが、チャンネルをドラマに変えています。

「なんでもいいから結婚しろっていう、偉い人からのメッセージなんだよ」

たしかに少子化や晩婚化の話題は、目にする機会が増えていますね。

「そんな陰謀論あるのかな。ところでちずちゃんは、結婚しないの？」

「相手がいない」

「相手がいたら？」

「相手による」

「そりゃそうだけど」

つまりちずさんは、特に考えていないということでしょう。

「いずみこそ、どうなの」

「わたしも別に……あ」

いずみさん、なにかを思いだしたようです。

「そういえば、叔母《おば》さんからお見あいしてくれって頼まれてた」

「あの世代は、昭和の価値観が残ってるねえ」

ちずさんが、苦そうな顔で笑っています。

「どっちかというと、いまっぽい理由だよ。『息子が結婚にメリットを感じないとかのたまってる。なんとかして』って。知りあいの社長さんに頼まれたんだって」

「つまり、社長の息子？」

ちずさんの反応は、かなり好意的でした。

「おっきな会社とかじゃないよ。普通の町工場だって」

「良物件だよ。いずみ、がんばれ」

「なんで他人事なの。わたしかちずちゃん、どっちかってことだよ」

「私は無理。子どもっぽいし、ぽんこつだし」

「根に持つなあ」

「少なくとも、料理ができるいずみのほうが結婚に向いてる」

「ちずちゃん本心では、そんな古い考えかたしてないでしょ。いまは別居婚とかざらにあるし、生活力はちずちゃんのほうがある」

結婚はこういうものと、ひとくくりに考えるのが難しい時代ですよね。

ともあれ押しつけあっている時点で、姉妹はどちらも消極的みたいです。

「そうなると困る。叔母さんには、お世話になってるから断りづらい」

「そうなんだよね。第二の父親だし」

叔母なのに父親って、なんか謎めいていますね。

「で、お見あいの日程は決まってるの？」

ちずさんが問うと、いずみさんがスマホの履歴をチェックします。

「まだみたい。向こうがそもそも興味ないから、せっついてくれる人がいいって。それだったら、婚活アプリにでも登録してあげればいいのに」

「あの辺の世代は、『相手は誰でもいいけどアプリだけはいや』って言うんだよ」

「たしかに言いそう」

ふたりともが、「めんどい」という顔になりました。

「となれば、いずれは生け贄《にえ》を差しだすように迫られる」

ちずさんが、なぜか不敵な笑みを浮かべています。

「久しぶりに、やろうか」

いずみさんも、袖《そで》をまくってにやりと笑いました。

素早く食卓が片づけられ、テレビにゲーム画面が映しだされます。

「あ、新コース追加されてる」

「いいね。ふたりとも初めてなら、言い訳できない」

どうやらレースゲームで、どっちがお見あいに行くかを決めるみたいですね。

「ちずちゃん、待って。準備運動するから」

いずみさん、おもむろにストレッチを始めました。

「なに、いずみ。そんなガチでやる気なの？」

「ガチっていうか、アップしとかないと次の日に首が痛いんだよ」

「これが老いか」

「ちずちゃん馬鹿にしてるけど、あとで吠《ほ》え面《づら》かかないでね」

そうして始まった、カートレースのゲーム対戦。

ちずさんは淡々と、コースの真ん中を走っています。

かたやのいずみさんは、かなりダイナミックな走りっぷりでした。

画面のキャラクターもドリフトしまくっていますが、コントローラーを持つ当人もカーブを曲がるたび、思い切り体が傾いています。

「痛っ！　脇腹つった。ちずちゃん、タイム」

「婚期は待ってくれないよ。ここが年貢《ねんぐ》の納めどき」

などと煽《あお》るちずさんですが、守りの走りではポイントも稼げません。

かたや大胆にコーナーを攻めるいずみさんは、意外にも総合成績で優勢でした。

「ほら、いずみあれ見て。いずみがカーブで体を曲げるたび、ケージの中でハム吉《きち》も傾いてる」

「ほんとだ。かわいい……ああっ、アイテム取り逃した！」

不利を察したちずさん、さっそく卑怯《ひきょう》な作戦に出ましたね。

「いずみ、こっち見て。『お風呂上がりに体積が半分になるポメラニアン』」

「くっ……いつの間にそんな顔芸を！」

これで勝負の行方はわからなくなりました。

それにしても、ふたりとも楽しそうですね。

「そういえば子どもの頃は、よくこうやっていずみと遊んでたっけ」

「うん。またちずちゃんと遊べるようになって、わたしはうれしいよ」

「もっと早くに、いずみと暮らせばよかった」

ふたりが一緒に暮らし始めたのは、ごく最近らしいですよ。

「それってわたしが、ごはん作ってるから？」

「距離感かな。ごはんも大事だけど」

「わかる。家族で同性で同世代って、ほぼ自分だもんね」

親よりも等身大で、友だちよりも遠慮不要。

一緒に暮らす上で兄弟姉妹は、一番楽な存在かもしれません。

「まあ昔から仲よかったけど、ふたりとも歳を取ったってのが大きいよ」

ちずさんがインコースを攻めつつ、つぶやきました。

「うん。もっと若かったら、それなりにぶつかった気がする。カレーで言ったら、わたしたち二日目なのかもね」

いずみさんのたとえが、珍しく冴《さ》えています。

ふたりは離れて暮らしている間に、それぞれ人生経験を重ねたんでしょうね。

思春期であれば過敏に反応するようなことも、いまはふたりとも、いい意味で鈍感でいられるのだと思います。

「なるほど。だから私たちは、結婚しようと思わないんだ」

「なに、ちずちゃん。どういう意味」

「ポメラニアン」

「ぶっ……ああっ！」

急に細長くなったちずさんに動揺し、いずみさんが谷底へ落ちていきます。

こうしてレース対決は、ちずさんの勝利で幕を下ろしました。

翌朝。リビングに顔を出したちずさんが、苦しげにつぶやきます。

「……首が痛い」

「ちずちゃんの吠え面、昨日のポメラニアンと同じ顔だよ」

試合には負けましたが、勝負に勝ったのはいずみさんのようです。

＃6　式への意識、鰹の初物

『目には青葉　山ほととぎす　初鰹《はつがつお》』

江戸時代の俳人、山口素堂《やまぐちそどう》の有名な句ですね。

人は昔から、旬をありがたがるもののようで。

五月と言えば初鰹ですし、その翌月にはジューンブライドがあります。

どちらの旬もそれなりに、姉妹に影響があるみたいですよ。


「こういうとき、ふたり暮らしでよかったと思う」

花森家《はなもり》のリビングで、レンタルドレスを着たちずさんが言いました。

「ちずちゃんの理由、そんなのばっかり」

背中のジッパーを上げてあげながら、いずみさんが不平を言います。

「まだ一緒に暮らして半年たってないしね。ないよりはいいでしょ」

「まあそうだけど」

ちずさんはクールで、いずみさんは甘え気質。

家族とはいえ、大人のふたり暮らしは気をつかうもの。なんだかんだで、姉妹は仲よくやっていると思います。

「この時期の式は営業が多いけど、参加者としては久しぶりだよ」

ちずさんが、前髪を整えながら言いました。

「六月って式場取れないから、四月、五月で挙げる人多いもんね」

いずみさんが、自分の肩を揉《も》みながら答えます。

たしかに姉妹は、ここのところ週末は忙しくしていました。披露宴や二次会にマジシャンを呼ぶ人は、それなりにいるみたいですね。

「まあ今日は、演者じゃないから楽だよ。食べるだけ」

「でもちずちゃん、ネタは仕こんでいくんでしょ」

「いかないよ。新婦は学生時代の後輩だし、そこまで仲よくもないし」

「じゃあなんで行くの」

結婚式って、相手が誰でも断りにくいものです。

とはいえちずさんなら、躊躇《ちゅうちょ》せず「ご欠席」に◯をつけそうですが。

「新郎の勤務先が、リストランテＮＩＫＵＮＩなんだよ」

「へー。有名な店なの？」

「超有名。そこのオーナーの似国《にくに》シェフが、フルコース作ってくれるんだって」

「似国シェフって、あのおいしいレトルトカレーを監修した人？　すごい」

いずみさんらしい庶民的な感想に、ちずさんが笑いました。

「悪いね、いずみ。私だけおいしいものを食べて」

「う、うん。たまにはいいんじゃない？」

なぜでしょう。いずみさんの目が、すいすい泳いでいます。

「なに、いずみ。どうかした」

「ううん、なんでもないよ。それよりちずちゃん。披露宴で退屈してる子どもは多いから、マジックは喜ばれるよ。カードくらい持ってけば？」

マジシャン同士の会話では、「トランプ」とは言わないみたいです。

ちなみにピン時代のちずさんは、テーブルマジック専門だったらしいですよ。

「時間とお金を奪われて、子どもの世話までしたくない」

「普段はお子さま相手に、コメディマジックやってるのに」

「お子さまは、お客さま。子どもは、子ども」

仕事とプライベートの線引きをきっちりするプロ、豆苗はありだと思います。

「どう、いずみ。ドレス変じゃない？」

「うん、いい感じ。ちずちゃん華というか、オーラが出てきたね」

「気をよくした。引き出物、期待して待ってて」

ちずさんが、いざと胃袋をたたいて出かけていきました。

「……よし。邪魔者は去った」

いずみさんが、素早く冷蔵庫へ向かいます。

「さて、自然解凍の具合は……お、いい感じ」

にんまり笑ったいずみさん、続いて懺悔《ざんげ》をつぶやきます。

「ごめんね、ちずちゃん。店長にもらった初鰹、ひとりぶんしかないから。でもそっちはシェフのカレーを食べられるんだから、問題ないよね」

披露宴では、あまりカレーは出ないと思います。

話は戻っていずみさん、ほくそ笑みながら調理を始めました。

「できたー。鰹のたたき丼。ああ……初夏の生臭い香り」

うっとりと目を閉じると、満面の笑みでリビングにどんぶりを運んできます。

「たしか、こういうときの俳句があったよね。目には青葉……あ、忘れてた」

いずみさんが冷蔵庫へ戻り、マヨネーズのチューブを持ってきました。

「目には青葉、初鰹にはマヨネーズ」

秋の戻り鰹に比べると、初夏の初物はさっぱりしていますしね。お刺身にマヨネーズをかける食べかたは、船上の漁師さんもやるそうですよ。

「ああ……このちょっと酸味の効いたタレに、主役のこってりマヨ鰹。これでわしわしと食べる、白いごはんのおいしさ……はあ」

花森家のシェフは、素材の味にはこだわりません。

「そろそろ味変《あじへん》しようかな……あ、そうだ。ごはんのおとも用に漬けてある、『大葉にんにくしょうゆ』があったよね」

またも冷蔵庫へ戻り、タッパーを持ってきたいずみさん。

「目には大葉、しょうゆにんにく、マヨネーズ。あっ、鰹」

もはや原形を留《とど》めていませんね。

そんな具合に、いずみさんは旬のおいしさを独占しました。

そうして満腹だー満足だーと、リビングでごろごろ昼寝を始めます。


それからどれくらいたったでしょう。

出窓に夕陽《ゆうひ》が差してきた頃、玄関で「ほろっほ」とハトのギンコが鳴きました。

「ちずちゃん、もう戻ってきたの？　二次会は？」

いずみさんがうんと伸びをして、ドレス姿のちずさんを迎えます。

「これから行く。道具取りにきた」

言うやいなや、トランプやらギンコの鳥籠《とりかご》やらを旅行バッグに詰めるちずさん。

「マジック、やらないんじゃなかったの？」

「新郎側の参加者が、ＹｏｕＴｕｂｅで覚えた百均グッズマジックで絶賛《ぜっさん》されてるんだよ。なんならいずみもきて。二次会もごはんおいしいよ」

「……ごめん。行きたいけど、がっつりにんにく食べちゃった」

おなかの具合はいけそうですが、人前で演じるのは憚《はばか》られるようです。

「いずみ、プロ意識が足りないよ」

鼻息荒く出かけていくちずさんを、いずみさんは苦笑とともに見送りました。

「今日はオフだよ、ちずちゃん」

素人さんのマジックに、オフの本職がハトまで連れて殴りこむ。

これもまた、ちずさんらしいプロ意識ですね。

＃7　七本のアイス

出窓から差しこむ朝の光も、ずいぶん暖かくなってきました。

おかげで豆苗は伸び放題ですが、いまだ出番がありません。

もしかして豆苗、忘れられてしまったんでしょうか？

姉妹と暮らせるのはうれしいのですが、少し複雑な野菜心《やさいごころ》です。


「アイス、アイス」

自室のドアを開けたいずみさんが、小走りにリビングへ出てきました。

今日は平日ですが、花森《はなもり》姉妹はふたりともお休みです。

きっと、なにもない穏やかな一日になる――そう思ったときでした。

「ちずちゃんが、わたしのアイス食べた！」

冷凍室に頭をつっこんでいたいずみさんが、大声で叫びます。

「ひどい！　今日は朝からアイスでバカンス気分を満喫《まんきつ》するって、二週間前から決めてたのに！」

ちずさんの私室に向かって、わんわんと吠《ほ》えるいずみさん。

するとドアが開いて、ご本人が登場です。

「二週間前のいずみは、『一生お茶漬《ちゃづ》けだけでいい』って言ってたよ」

今日のちずさんはTシャツ短パンで、いずみさんはいつものもこもこでした。

暑かったり寒かったりするこの時期は、着るものに悩みますよね。

「そんなの、『へべすサワー』を飲みすぎた日に言っただけでしょ！ 悪意ある切り取りしないで！」

「でも事実でしょ。判断は第三者にゆだねないと」

「第三者って誰！ いいから、わたしの『濃厚チョコアイスバー』返して！」

「聞き捨てならない。そもそもなぜ、いずみは私が食べたと決めつけるの」

ちずさんが、エアメガネをくいっと上げました。

「ふたり暮らしなんだから、犯人はひとりしかいないでしょ」

いずみさんが、びしっとちずさんに指をつきつけます。

「それなら、私が食べたことを証明して」

「動かぬ証拠があるよ。だってちずちゃん、口元にチョコついてるもん」

それ、さっきから豆苗も気になっていました。

「……ほくろだよ」

ちずさん、大胆な言い逃れです。

「三十年以上姉妹やってるけど、ちずちゃんそんなところにほくろないよ」

「昨晩できたんだよ」

「溶けかかってるよ」

「溶けぼくろだよ」

「泣きぼくろみたいに言わないで！　……あっ、証拠隠滅！」

ちずさんがちろりと舌をだし、唇の脇のチョコを舐《な》め取りました。

「やれやれ。さっきから、いずみがなんの話をしているのかわからないわ」

ちずさんが開きなおり、おおげさに肩をすくめました。

「でもちずちゃん、ずっと犯人っぽい振る舞いしてるよ」

「私に言わせれば、いずみこそ容疑者。いずみは寝起きにアイスを食べて、忘れているだけじゃないの」

ちずさんがエアメガネをくいっとすると、いずみさんがたじろぎます。

「うっ……たしかにその可能性は否定……できるよ！　寝起きにアイス食べたら幸せだから、今日一日は絶対忘れないよ！」

「ちっ、引っかからなかったか」

ちずさんは、唇を噛《か》んで悔しそうです。

「その演技、自白してるようなもんだよ」

まったくもっていずみさんの言う通りですが、ちずさんは引き下がりません。

「そもそもアイスは六本パック。昨晩までに、いずみは何本食べた？」

「ええと、暑かった日に一本……お風呂上がりに一本……」

いずみさんが、指を折って数えています。

「そして昨日の夕食後で……あれ？　三本食べてる」

「じゃあ私がアイスを食べたとしても、なんの問題もないでしょ」

六本パックを公平に分ければ、それぞれの取り分は三本です。

たしかにちずさんの言う通り、なにも問題ないですね。

「それはそうだけど……でも、なにか引っかかる……」

いずみさんは腕を組んで、リビングをうろうろ歩き始めました。

そうして名探偵よろしく頭をかきむしり、はたとひらめきます。

「……違う！　ちずちゃんは、わたしより先に三本食べたはず！」

「根拠は」

「ちずちゃんって、アイスを食べ終わったら棒を折る癖があるでしょ」

「ないよ」

「シンプル偽証《ぎしょう》やめて。昨日ゴミ捨てのとき、ゴミ袋に穴が開いたから覚えてるんだよ。あのときたしかに、折れた棒が三本あった！」

再びいずみさんが、びしっと指をつきつけました。

ちずさんは「しまった！」という顔を見せましたが、すぐににやりと笑ってエアメガネをくいっとします。

「でも私もいずみも三本ずつ食べたなら、なにも問題ないでしょ」

「……そっか。そうだね」

けろっと笑顔になるいずみさん。

しかし次の瞬間、また名探偵のように頭をかきむしります。

「……違う！　昨日の夜、わたしはアイスが箱に一本残っているのを確認した。ちずちゃんは、アイスを四本食べた！」

はて、どういうことでしょう？

これが本格ミステリ小説なら、「読者への挑戦」が掲示される場面ですね。

読者への挑戦

花森ちずは、どんなトリックを使って四本目のアイスを食べたのか？

それでは「でしょうね！」以外に言えない、解決編をごらんください。


「四本なんて食べられるわけがない。アイスは箱に六本入り。私が三本、いずみが三本。いずみが冷凍室の脱臭炭《だっしゅうたん》を、『濃厚チョコアイスバー』と見間違えただけ」

ちずさんが、きっぱり言い切りました。

たしかに納得のいく説明は、それしかありえません。

しかし名探偵、まだあきらめていないようです。

「……あっ、やっぱり！　ほら、ちずちゃんこれ見て！」

いずみさんが見せたのは、スマホの画面でした。

見たところ、「濃厚チョコアイスバー」の公式ページが表示されています。

「ここに赤文字で書いてあるでしょ。『いまだけ一本増量！』って」

いずみさんの指摘に対し、ちずさんはなぜか微笑んでいます。

「ちずちゃんは、一本増量で七本入りになったアイスを四本食べて、箱を捨てて証拠を隠滅した。これが、この事件の真相だよ！」

いずみさんの推理を聞くと、ちずさんはゆっくりと拍手をしました。

「ご名答。たしかに私は、さっき四本目のアイスを食べた。おいしかった」

「ずるい！」

「でもね、いずみ。あのアイスを買ってきたの私だから。四本目を食べる権利は私にあるでしょ」

「それは……くっ……！」

いずみさんが、がっくりとうなだれました。

いいところまでいったんですが、お金の力にはかないませんでしたね。

「でも、どうしてもアイス食べたい。わたしいまから買いにいく」

財布を握りしめて、出かけていくいずみさん。

その後に「じゃあ私も」と、ちずさんが続きました。

やがて戻ってきたふたりの手には、それぞれ一本増量中のアイスの箱。

その合計は十四本ですから、これで争いは起きませんね。

「チョコでコーティングしたバニラのアイスって、いつ食べてもおいしいね。夏でも冬でも」

いずみさんは念願の朝アイスに、たいそうご満悦《まんえつ》です。

「お風呂上がりでも、仕事に行く前でも」

ちずさんは本日二本目ですが、飽きた様子はなさそうですね。

「落ちこんだときとかに食べるように、これからは常備しておこうよ」

いつも手が届くところにある、小さな幸せ。

チョコのアイスは、人生のお守りみたいなものかもしれません。

「常備と言えば、いずみ。そろそろ食べちゃったほうがいいよ」

ちずさんの視線が、出窓に向けられました。

「伸びてるねえ。じゃあ遅い朝ごはん、作ろうか」

ここへきて、ようやく豆苗の出番がきたようですね。

それではみなさん、どうかお元気で。

#8　うぐいす黙らせ作戦

開けられた窓から、心地よい風が吹き抜けていきます。

梅雨《つゆ》入り前の陽射しを浴びて、豆苗はとっても元気ですよ。

なにしろ、二代目ですからね。

とはいえ先代と入れ替わる際に、花森《はなもり》姉妹のことは聞き及んでいます。

でもその際、ふたりは「マジシャン」だと伝えられたのですが……。


「有馬《ありま》姉妹の、ショォォォト、コント！　『百均の女』」

テーブルがどけられたリビングで、ちずさんがテンション高く言いました。

「くそっ、いずみのやつ。俺を捨てて出ていくなんて」

ちずさんがお尻のポケットから、財布を出す演技をしています。中身が入っていないのか、見えない財布をひっくり返していますね。

「だめだ。これじゃギャンブルもできない。いずみのバイト先に押しかけよう」

たったたと、走る素振りをするちずさん。

「いらっしゃいませー」

いずみさんが登場しました。

設定的に、百円ショップでアルバイト中でしょうか。いまは床にかがみこんで、商品の補充をしているみたいですよ。

「おい、いずみ。俺の話を聞いてくれ」

「あ、元カレのちずおくん。いらっしゃいませー」

いずみさん、抑揚のない無気力キャラのようです。

「元カレ……くっ！　聞いてくれ、いずみ。俺たちはもうだめなのか。おまえに俺を愛する気持ちは、もうかけらもないのか」

「そこになければないですねー」

なるほど。百円ショップの「あるある」を使った、わかりやすいオチですね。

ちぐはぐなキャスティングも含め、豆苗は面白いと思いました。

ですがいずみさんは、あまり手応えがないようです。

「やっぱり、単発だと微妙だね」

唇をすぼめて、鼻息を吐くいずみさん。

「でもパターン違いで三つ続ければ、フリが効いて面白くなると思う」

一方のちずさんは、相変わらずクールに分析していました。

普段のネタ作りから、ＳＮＳでの宣伝まで。裏方全般を担当するちずさんは、有馬姉妹のブレーンです。

「それってコメディマジックの、『失敗、失敗、大成功』と似てるね」

いずみさん、気づきを得たという顔です。

「そう。私たちのネタでも、ハトを出そうとして、シルクハットの中からＳＮＳのロゴマーク、次にウサギのぬいぐるみ、最後にハトってのがあるでしょ」

先代の豆苗も見たというマジックですね。

いずみさんがシルクハットからロゴマークを出すと、ちずさんが「生きてる鳥を出して！」、ウサギを出すと、「数えかたは一羽《わ》だけど哺乳類！」と、テンポよくツッコミを入れていく楽しいネタだそうで。

「うん。この間もスーパーの駐車場でやったけど、いまいちウケなかったね」

「あれも最初にＳＮＳの話をしておけば、フリが効いてもっと面白くなるはず」

「なるほどー。たまに違う芸をやると、勉強になるねえ」

どうやら姉妹はコントユニットに鞍替《くらが》えしたわけでなく、コメディの研究をしていたようですね。

そういえば落語家さんたちも、芸の幅を広げるために日舞《にちぶ》や三味線《しやみせん》を習うと聞いたことがあります。

「いずみ。軽く入りのトークやってみようか。種もしかけも！」

「有馬姉妹！」

姉妹がそろって、例のポーズを取りました。

ちなみに姉妹の立ち位置は客席方向、つまり豆苗から見て右がちずさん、左がいずみさんです。

リビングでくつろいでいるときも同じなので、昔からそうなんでしょうね。

「というわけで、私たちはマジシャンの姉妹なんですけどね」

「わたしが妹です」

いずみさんが、ずいとちずさんの前に出ました。

「そうですね。まだしゃべっている途中なんで、黙っていてくださいね」

「この人が姉です」

両手のひとさし指を、ちずさんに向けるいずみさん。

「だいたいの人が、そうだろうなって思ってますけどね。それはともかく、いずみさんはSNSってやってますか」

「ホッケ」

つかみどころのない相方のキャラに、さすがのちずさんも困惑しています。

「違う、違う。いまのわたしじゃないよ。あっち」

いずみさんがぶんぶん手を振り、豆苗のほうを指さしました。

もちろん、豆苗だって言ってません。

右隣にいる、アルマジロのぬいぐるみも同じくです。

「ホー、ホケ」

その声は豆苗の背後、すなわち窓の外から聞こえてきました。

はてと見てみると、葉桜《はざくら》の枝で一羽のうぐいすが首をかしげています。

「お客さんが見てくれるのは、うれしいんだけどね」

うぐいすに気づいたちずさんが、くすりと笑いました。

「うん。鳴きかたが中途半端で気になるし、窓閉めようか」

いずみさんが豆苗の脇に手を伸ばし、窓を閉めます。

そうしてついでという感じで、まじろうの頭を撫《な》でていきました。

豆苗、ちょっぴりジェラシーです。

「じゃ、いずみ。気を取り直して最初からいくよ。種もしかけも！」

ちずさんが立ち位置に戻って、ポーズを決めました。

「有馬しま……あっつい！」

いずみさんが叫んで、もこもこのルームウェアを脱ぎ捨てました。

「今日は七月並みの気温らしいからね。窓を閉めたら暑いよ」

稽古《けいこ》をしているせいもあるでしょうが、たしかに室内に熱気を感じますね。

「じゃあ開けよう」

いずみさんが、再び窓を開けました。

「ホー…………………………ホー…………」

今度はうぐいすが、溜《た》めに溜めて鳴かないというレパートリーを披露します。

「うるさいというより、気が散る」

ちずさんが、ずいと片眉を上げて窓の外を見ました。

「ね。『鳴かんのかい！』ってコケたくなる」

いずみさんは、西のお笑いも好きみたいですね。

「まあ鳴いたら鳴いたで耳に残って、夜になっても頭の中で鳴くけどね」

ちずさんが指摘しつつ、うんざりと息を吐きました。

頭の中で音楽が勝手にヘビロテされる、「イヤーワーム現象」のことでしょう。

田んぼのそばに住んでいると、耳栓をしてもカエルの声が聞こえるそうですね。

そんなイヤーワーム現象、ガムを嚙むとましになるとかならないとか。

「眠れないのはやだ。風情《ふぜい》はあるけど、お帰りいただきます」

いずみさんが窓に向かって、「わっ！」と大きな声で叫びました。

すると思惑通り、うぐいすがぴいぴいと飛び去っていきます。

「ナイスワーク」

ちずさんがぐっと親指を立てて、いずみさんの仕事をたたえました。

「オッケー。じゃ、やろうか」

ふたりは窓を開けたまま、ネタあわせを再開します。

「種もしかけも！」

「有馬姉妹！」

「ホッホー」

「ヒョロリヒー」

姉妹がくわっと窓を見ると、そこにはポーズを決めた二羽のうぐいすが。

「ちずちゃん、増えたよ。しかも参加してきたよ」

「遊ばれてるね。いずみ、窓閉めて」

「でも閉めたら暑いよ」

「エアコン入れればいいでしょ」

「まだ五月だよ。五月にエアコン入れたら負けだよ」

誰と戦っているかは不明ですけど、気持ちはわからないでもありません。

「そういうこと言ってる人が、熱中症になるんだよ。でも……わかる」

今日の場合、窓を開けていればさほど暑くもないですしね。

「ちずちゃん。もう残された道は、本気でお帰りいただくしかないよ」

「わかった。いずみ、ペン取って」

言ってちずさん、マジシャンの必需品である風船をふくらまし始めました。

いずみさんからペンを受け取ると、ちずさんは風船に巨大な「目」を描きます。

「なんか書くの？」

「あ、畑なんかでよく見るやつ」

CDをひもにつるすのと同じ、いわゆる「鳥避《とりよ》け」ですね。

「効果があるかわからないけど、いずみも作って」

そうしてできあがったふたつの目玉風船は、出窓にいるまじろうの両手に輪ゴムでくくられました。

するとうぐいすたちが、ほけほけ鳴いて飛び去っていきます。

「効果てきめん」

「先人の知恵は偉大」

ふたりはうなずきあって、窓を開けて練習を再開しました。

「種もしかけも！」

「有馬姉妹！」

「ホッケ」

「ホー………」

「ヒョロリヒー」

「シマチョウ」

姿は見えませんが、またまたうぐいすたちの声が聞こえてきます。

どうやら目玉が怖いので、離れたところから参加しているみたいですね。

おまけに数も、どんどん増えているようで。

「うぐいすの声って、けっこう遠くまで響くよね……」

いずみさんがあきらめたように、くすくす笑いました。

「最後の一羽、ホルモン焼き肉っぽかった」

ちずさんもお手上げなようで、冷蔵庫を開けにいきます。

結局ふたりは夜になるまで、窓を開けてごろごろしていました。

麦茶を飲みつつ、うぐいすたちの声に「風情だね」なんて笑いながら。


そうして深夜。

ベッドに入ったはずのふたりは、そろってリビングに現れます。

「頭の中に、うぐいすの声が響いて眠れない……」

「シマチョウ……ホッケ……おなか空いた……」

翌日以降、ふたりはおとなしくエアコンを使うようになりましたとさ。

#9　夜鳴きそばオブザデッド

そろそろ梅雨が始まりそうな、じんわり暑い夜でした。

まあエアコンが効いているので、室内は涼しいんですけどね。

ともあれそんな湿った夜の、ポメ溝口《みぞのくち》の三〇一号室。

リビングのローテーブルをはさんで、姉妹が真剣な顔で向きあっていました。

「それでは今後の私たちにとって、最重要となる議題に入ります」

ちずさんが、指でメガネをくいっと押し上げました。

「ちずちゃん、どうしたのそのメガネ」

いずみさんが、不思議そうに向かいの顔を見つめます。

以前はエアメガネだったように、ちずさんの視力は悪くありません。

わざわざ本物を用意したのは、本気で「勝ち」にきているのでしょう。

「まずはお配りした資料の、1ページ目をご覧ください」

「というか1ページしかないよこれ」

そんなペラ一枚に書かれた文字を、ちずさんが読み上げます。

「『我が家の食パン枚数、統一についてのご提案』」

「それ、わたしも思ってた。ちずちゃんいっつも、八枚切り買うよね」

「そう。そしていずみは六枚切り」

「だってピザトーストとか、八枚切りだと食べにくいし」

いずみさんの主張、よくわかります。

八枚切りでピザトーストを作ると、具材の重みにパンが負けちゃうんですよね。

「でも六枚切りだと、サンドイッチが分厚くなりすぎる」

改革案を出したちずさんにも、それなりの事情があります。

ちずさんは職場にお弁当を持っていくのですが、ほぼほぼ毎日、ハムとレタスにマヨネーズをびゃーってしただけのサンドイッチですから。

「じゃあ、ちずちゃん。あれ買おうよ。パンを薄くきれいに切れるやつ」

「パンスライサー」

「それ。六枚切りの厚さなら、半分にしてもサンドイッチ作れるよ」

「却下。余分な作業が発生するなんて問題外」

ただでさえ、ちずさんは七秒でサンドイッチを作りますしね。

「じゃあいっそ、六枚と八枚を両方買う？」

「私は実質四枚だからいいけど、いずみは食べきる前にカビ生えるよ。微妙に最後の一枚とかで」

時期も時期ですし、ありえる話です。六枚切りのパンは、八枚みたいに二枚同時に使うことは少ないですしね。

「たしかに……でもさ、ちずちゃん。そもそも実家では、六枚切りだったでしょ。ここも一応は、花森《はなもり》家だよね」

となると八枚切りに宗旨《しゅうし》替《が》えしたのは、ちずさんみたいですね。例のサンドイッチも洋画でよく見るランチなので、影響を受けたのでしょう。

「郷《ごう》に入《い》っては郷に従えと。いずみにしては論理的だけど――」

ちずさんが、ふいに口をつぐみました。

「どしたの、ちずちゃん」

「しっ！　聞こえる……あの音が……」

またうぐいすかと耳を澄ませると、豆苗にも聞こえました。

ティロリーロリ、と。

俗《ぞく》に言う、「チャルメラ」のメロディですね。

「行くよ、いずみ！」

ちずさんが、メガネをはずしました。

「待って待って！　下だけ着替えさせて！」

いずみさんは十秒で着替えを終え、ちずさんを追いかけていきます。

誰もいなくなったリビングに、ハム吉《きち》が回す滑車の音だけが響いていました。


「また逃げられた！」

しばらくして、いずみさんが悔しそうな表情で部屋に戻ってきました。

「音はすれども姿は見えず……」

ちずさんも、疲れた顔で肩を落としています。

「毎回、毎回、これだもん！　いいかげん、『夜鳴《よな》きそば』食べたいよ！」

ここのところ、姉妹は毎夜のごとくにあのメロディを聞いていました。

豆苗は寡聞《かぶん》にして知らなかったのですが、「夜鳴きそば」というのはラーメン屋台のようですね。

あの「チャルメラ」と呼ばれるラッパの音を鳴らしながら、焼きいも屋さんのように軽トラックで行商するのだとか。

初めてあの音を聞いた夜、姉妹は「ノスタルジー」、「食べたいね」と、仲よく出かけていきました。

しかしなぜか屋台を見つけられず、未練を引きずって帰ってきたのです。

そんなふたりをあざ笑うように、次の日もチャルメラの音が響きました。

ですがやっぱり、夜鳴きそばの屋台は見つかりません。

ゆえになるべく早く気づけるよう、ふたりは聴覚を研《と》ぎ澄《す》ませているのでした。

「いずみ。最後に夜鳴きそば食べたのって、いつ」

定位置に座ったちずさんが、つぶやくように言います。

「……三十年近く前だよ。お父さんに連れていってもらった、小学生のとき」

いつも明るいいずみさんも、心なしか元気がありません。

「私もそうだよ。なつかしい」

「ラーメンがおいしかったかは忘れたけど、ドキドキしたのは覚えてる」

「夜だったからね。小学生には冒険だった」

「たしかあのときは、たまたまお父さんが家にいたんだよね」

「普段は営業で、夜はほとんど家にいなかったからね。自分でもマジックを始めてわかったけど、マジシャンでお金を稼ぐなら夜職になる」

姉妹のお父さんもマジシャンだったとは、初めて知りました。

「お父さんは、生涯マジシャンだったたねえ」

いずみさんが目を向けた、ハム吉のケージの上。

そこには燕尾服を着た、中年男性の写真が飾られています。もしかしてこのおじさんが、ふたりのお父さんなんでしょうか。

「無名だけどね。テーブルマジックは地味だから」

ちずさんも写真をちらと見ましたが、やや素っ気ない感じです。

「そんなこと言って。ちずちゃん、お父さんと同じカードメインのくせに」

「だから、いずみと組んだんだよ。ひとりじゃ食べていけないからね」

「でもわたしは、お父さんがマジシャンで鼻が高かったよ」

昔をなつかしむように、いずみさんが写真に向けた目を細めます。

「家にぜんぜんいないのに？」

「だって友だちに、すごくうらやましがられたし」

「あの頃はマジックブームだったからね。すごいのは、『ハンコパワーです』でおなじみのミスター・アリックさんだよ」

「ちずちゃんは、お父さんに否定的だなあ」

逆に言えば、いずみさんはずいぶんと肯定的です。

「別に否定はしてないよ。私は単に事実を述べてるだけ」

「事実って？」

「マジックで食べていくのは難しいってこと。いまはもちろん、ブームだったあの頃でもね。だから先輩としては、尊敬してる」

けれど娘としては、もっと家にいてほしかった。

そんなちずさんの本音が、ちょっぴり垣間《かいま》見《み》えた気がします。

「たしかに食べていくのはたいへんだけど、わたしはマジシャンになったことを後悔してないよ。ちずちゃんは？」

「私は――」

ちずさんが言いかけたとたん、再びチャルメラの音が響きました。

「行くよ、いずみ！」

「がってんでい！」

ダッシュで出ていったふたりでしたが、残念ながらすぐに戻ってきました。

「近くにいるはずなのに、なぜか影も形も見当たらない……」

こめかみを揉みながら、考えこむ様子のちずさん。

「もういっそ、聞こえなければいいのにね」

いずみさんがぼやくと、ちずさんが「それだ」とうなずきました。

かくしてちずさんはヘッドホン、いずみさんは耳栓を装着します。

「これで大丈夫だね。夜鳴きそばとは、もうおさらば」

いつもよりも大きめの声で、いずみさんが言いました。

「軽く韻踏《いんふ》んでる。いずみは意外とラーメン……じゃなくてラッパーだね」

ちずさんも、いくらか大声で返します。

「なにその言い間違い。ところでちずちゃん、さっきなんて言いかけたの」

「さっき？　ラーメンの話？」

「違うよ。わたしはマジシャンになって後悔してないって話。ちずちゃんは？」

「私は……なんだっけ？　ラーメン？」

「ああ……ちずちゃんがラーメンの話しかできなくなってる……ヘッドホンをしたことで、逆に集中力という名の執着が増しちゃったんだ……」

いまのちずさんは、非常にまずい状態です。このまま朝を迎えたら、サンドイッチにラーメンをはさみかねません。

「いずみ、聞こえるよ……あの音が……ティロリーロリって……」

「落ち着いて、ちずちゃん。あれは葉っぱが風で揺れてるだけだよ」

「いずみ！　いずみには、夜鳴きそばのささやきが聞こえないの……？」

「ちずちゃん、騙《だま》されないで！　いまラーメン作ってあげるから！」

いずみさんがキッチンへ向かいながら、はめていた耳栓を取りました。

「……あれ？　本当に聞こえる」

今度はリビングへとって返し、豆苗越しに窓を開けるいずみさん。

「……あっ！　ちずちゃん、ちょっときて」

いずみさんが、なぜか小声でちずさんを呼びました。

「ラーメン……ラーメン……」

ぶつぶつと欲望をつぶやきながら、ちずさんが窓に近寄ります。

「ちずちゃんがラーメンゾンビに……早く、早く下を見て」

「……ラーメン？　違う……鍵盤《けんばん》ハーモニカ？」

はてと階下の窓を見ると、白と黒の鍵盤がちらっと見えました。

「下の階の少年が演奏してたんだよ。お父さんにチャルメラのメロディを教わったんじゃないかな。あれ、ドレミの三音しか使わないから」

いずみさんの推理に、ちずさんが蒼白《そうはく》になっています。

「じゃあもう、ラーメンは食べられないってこと……？」

「わたしが作るよ。夜鳴きそばっぽい感じの」

いずみさんが笑いつつ、腕まくりしてキッチンへ向かいます。

やがてできあがったラーメンをすすると、ちずさんの顔に生気が戻りました。

「夜鳴きそばじゃなくても……ラーメンはおいしいんだ……」

「ラーメンゾンビが、人間だった頃の記憶を取り戻した」

「そういえば、お父さんは食パン八枚切り派だった」

「余計な記憶まで取り戻した」

そこでちずさん、再びすちゃっとメガネを装着しました。

「我が家で六枚切りだったのはお母さん。つまり、花森家の総意ではない！」

結局この議論は、ちずさんが勝利しました。

まあ八枚切りで食べにくくても、ピザトーストはおいしいですしね。

今回はいずみさんがちずさん、というより、お父さんを立てたみたいです。

#10　たりてるふたり

出窓のガラスに、雨粒がしたたる夜です。

というわけで梅雨ですが、みなさまいかがおすごしでしょうか。

花森《はなもり》姉妹はいつもと変わらず、リビングでごろごろしているようです。

雨の影響はないようで、ちょっとだけあるみたいですよ。


「あ、そうだ。まじろう、買いものリストにじゃがいもを追加して」

テレビを見ていたいずみさんが、思いだしたように言いました。

AIスピーカーにメモを頼んでおけば、スマホのアプリでどこでも買いものリストがチェックできます。便利な時代ですね。

『ザリガニを、買いものリストに追加したぞ』

豆苗の隣で、アルマジロのぬいぐるみが答えました。

「いずみ。まじろうが『ザリガニ』ってメモしたよ。訂正しないの？」

ちずさんもまた、テレビを見ながら尋ねます。

「んー、迷ってる。買いものリストを見て『ザリガニ』って書いてあっても、さすがにザリガニは買ってこないでしょ」

「買わないね。まじろうが、なにかを聞き間違えたって思うだけ」

「問題は、そこで『じゃがいも』にたどりつけるかなんだよね」

「まじろうはラッパーだから、韻を踏んでれば答えは出る」

ここで言う「韻」は、たとえば「豆苗」だったら、「農業」、「緑黄《りょくおう》」といった具合に、同じ音の響きを持っている言葉ですね。

まじろうの音声認識機能は優秀なので、発声者の滑舌《かつぜつ》がぐだぐだでも、韻だけはきちんと押さえてくれるのです。

「わたしは前に買いものリストにあった『プランB』から、『ブラウニー』にたどりつけたし、『ザリガニ』から『じゃがいも』もいけそうな気がする」

ラッパーが多いお土地柄だからか、いずみさんにも韻の素養があるようです。

「じゃがいもと言えば、今日帰るときポテロにあったよ」

ちずさんが、ふっと思いだして言いました。

「なに、ポテロって」

「フライドポテトテロ。前を歩く人が、揚げたてポテトの匂いを振りまいてた」

「あー。あの匂い嗅ぐと、食べたくなるよね」

「おかげで晩ごはんの肉じゃがも、砂を嚙む思いだった」

「ひどい！　わたしが一生懸命、面取りしたのに！」

これはいずみさん、怒っていいと思います。

「んー、ごめん？」

ちずさんは謝るも、ひどい目にあったのは自分だという顔でした。

「謝罪が軽いよ！」

「じゃあお詫《わ》びに、ポテトおごってあげるよ。いまから」

ちずさんが、テーブルに手をついて立ち上がります。

「いやだよ。晩ごはん、肉じゃがだったのに」

「でもいずみ。パンを食べて、うどんを食べた気にはならないでしょ」

「そうだけど。なに、ちずちゃん。ひとりで行きたくないの？」

いずみさんに答える前に、ちずさんは窓の外を見ました。

「雨が降ってるから、腰が重い。いずみが買ってきてくれるのが一番いいけど、私は頼める立場じゃない。ふたりならまあ、しょうがないかとなる」

「妥協したように聞こえるけど、ぜんぶわがままだよそれ……あ、そういえば」

「なに？ いまからポテト揚げてくれるの？」

ちずさんが目を輝かせました。

「おいも、ぜんぶ肉じゃがにしちゃったよ。そうじゃなくて、日本では結婚して子どもがいる女性より、独身女性のほうが幸福度が高いって話を思いだしただけ」

「いまの流れで、それ思いだすワードあった？」

輝いたちずさんの目が、うさんくさそうに半分閉じます。

「夜中にコンビニに行きたくなったとき、子どもが小さいと連れて出かけるわけにもいかず、置いていくわけにもいかずで、母親は不自由だって記事だったから」

SNSで流れてきたのだと、いずみさんがつけ足しました。

「結論ありきの偏向《へんこう》ニュースだね。それを不幸ととらえるか幸福ととらえるかは、本人次第でしょ」

パートナーの状況も不明ですし、ワンオペなら男性でも成立する話ですしね。

「そうじゃなくて、ちずちゃんはひとりで行けるよねって話だよ」

いずみさんがもっともなことを言ったところで、テーブルに置いてあったちずさんのスマホが震えました。

「もしもし……はい。家です……大丈夫です」

ちずさんが電話に出ながら、自分の部屋へ入っていきます。

「仕事の電話かな」

いずみさんはごろりと寝転がり、ぼんやりテレビを見始めました。

「根津《ねづ》さんは、まだ会社ですか。じゃあゆっくり休んでくださいよ」

ドアが閉まりきってないので、ちずさんの声がリビングに聞こえてきます。

「そうですね。映画、いいと思います」

聞くともなしに聞いていたいずみさんの耳が、ひくりと動きました。

「はい。空いてますよ」

ちずさんの返答を聞き、いずみさんが勢いよく起き上がります。

「これってまさか、デートの約束……？　ちずちゃん、いつの間に……」

いずみさんがつぶやいた瞬間、花森家の空気が張り詰めました。

豆苗も、ハム吉《きち》も、おそらくまじろうや、玄関にいるハトのギンコも、みんなが耳をそば立てている気配がします。

「フレンチのレストラン……ですか。そうですね。私はあまり、そういうのは向いていないと思います」

いずみさんが、「よしっ」とガッツポーズをしました。

ちずさんが、デートの誘いを断ったと感じたのでしょう。

「根津さん、おでんは大丈夫ですか……ならよかったです」

いずみさん、今度は愕然《がくぜん》となっています。

「ちずちゃんフレンチを断っただけで、デートには行くつもり……？　しかも自分からおでん屋さんに誘うなんて……大人……！」

いずみさんのつぶやきを受けて、ハム吉が勢いよく滑車を回し始めます。

玄関先でも「ふっふるー！　ふっふるー！」と、ギンコが騒ぎだしました。

「はい。それもいま決めましょう。そのふたつなら、スーパー銭湯で。じゃあお子さんにも、よろしくお伝えください」

いずみさんが、顔面蒼白で頭を抱えました。

「ちずちゃんが、不倫してるだなんて……しかも子どものいる男の人と、スーパー銭湯だなんて……そういえばちずちゃん、さっき意味深なこと言ってた。『それを不幸ととらえるか幸福ととらえるかは、本人次第』って……」

子どもがいる母親は不自由、という話のときでしたね。

「ごめん、いずみ。なんの話してたっけ」

ちずさんが、珍しくにこにこしながら戻ってきました。

「ちずちゃん、わたしそういうのよくないと思う！」

いずみさんは、有無を言わさず非難します。

「んー、ごめん？」

「謝罪が軽いよ！　肉じゃがじゃないんだよ。相手のご家族のことも考えて」

「あ、聞こえてた？」

「聞こえてたよ！　信じらんない。妻子のある人とスーパー銭湯だなんて。どうしてそうなる前に、わたしに相談してくれなかったの！」

いずみさんが涙ながらに訴えると、ちずさんが口を押さえました。

そうしてとうとうこらえきれず、あっはっはと声を上げて笑います。

「なにがおかしいの！　笑いごとじゃないよ！」

「いずみはさっきの『ザリガニ』の件で、思考回路がラッパーになってるんだよ」

きょとんとしているいずみさんに、ちずさんが説明してくれました。

「根津さんは職場の同僚。最初にチラシに書くコピーの、A案とB案どっちがいいって聞かれて、私は『Aがいい』って答えた」

いずみさんが、はっとなって叫びます。

「……『映画』！」

「で、空き物件を紹介する業態を相談されて、フレンチは向かないって答えた。横《よこ》町《ちょう》だからね。そこで子どもの声が聞こえて、『お電話大丈夫』って」

「『おでん』！」

「ついでに、お客さんの案内を代わってくれって頼まれて。報酬はランチおごりと成約報酬の数パーセント、どっちがいいかって聞かれて」

「『スーパー銭湯』！」

どうやらいずみさんが、まじろうと同じ韻踏み型の聞き間違いをした、ということみたいですね。

「いずみはまだ、平成的な恋愛脳を引きずってるね」

怒るほどではないですが、ちずさんちょっと不機嫌みたいです。

「だって、ちずちゃん言いそうなんだもん。『不倫はコスパのいい恋愛』とか」

いずみさんも、悪気はなかったと思います。

「分析が甘いよ。不倫は自分と相手の社会的信用を賭けて、つかの間の快楽を手に入れるギャンブル。分が悪すぎてコスパ以前の問題で、購買に値しない」

こう言われては、いずみさんも謝るしかありません。

「面目ない……面目ない……」

「まあ疑われたってことは、日頃の私に信用がないってことか……」

ちずさんの表情が、ふっとかげりました。

「そんなことないよ！　信用足りまくってるよ！　わたしちずちゃんになら、マイナンバーカード見せられるもん！」

たしかにマイナンバーカードは、あんまり人に見せませんけども。

「見るまでもなく、ぜんぶ知ってるよ」

ちずさんが、ぷっと吹きだして笑顔になりました。

「本当にごめん、ちずちゃん。さっきの『購買に値しない』の話も、照れ隠しだってわかってるよ。ちずちゃんは守る人で、傷つける人じゃないもん」

いずみさんは長いつきあいで、そういう場面をたくさん見てきたんでしょうね。

「わかってるなら、わざわざ言わない」

ちずさんの耳が赤いのは、怒っているわけではなさそうです。

「ごめんね。お詫びにポテト買いにいくの、つきあってあげたいんだけど……」

いずみさん、なぜかもじもじとうつむきました。

「けど？」

「わたしはどっちかというと、おでんが食べたくなって」

どんなときでも、食べもののことはきっちり主張するいずみさんです。

「この時期だと、コンビニでおでんはやってないよ」

「だよね……」

いずみさん、がっくりとうなだれました。

「少量でいいなら、おでん缶を売ってる自販機があるね。神社の駐車場に」

「さすが、ちずちゃん！　地元の地理にはめっぽう強い」

不動産屋さんですからね。

そうしてふたりは仲直りして、深夜のコンビニへ出かけていきました。

やがてポテトとおでん缶を買ってきた姉妹ですが、いずみさんが自分のエコバッグをのぞいて首をかしげています。

「わたしなんで、ザリガニの食玩《しょくがん》なんて買ったんだろう……？」

いずみさん、あんまりラップの才能はなかったみたいですね。

#11 身の丈スローライフ

夏が到来しました。

すなわち夜も暑いわけですが、室内は二十七度で快適です。

花森《はなもり》姉妹もごろごろしていましたが、いずみさんは先ほど出かけていきました。

「いずみ、ビール買ってきてくれるかな」

部屋に残ったちずさんは、テレビを見ながら気もそぞろの様子。

いずみさんが出かけていったのは、ちょうどビールのＣＭを見て、「夏だねえ」なんて話していたときですしね。

「ほろっほ」

玄関でハトのギンコが鳴いたので、いずみさんが帰ってきたみたいです。

「パパイヤ」

これは「ただいま」ですね。最近のいずみさんは韻踏みに凝っています。

「おかえり、いずみ。なに買ってきたの」

「え、ゴミ袋だよ」

いずみさんはエコバッグの中から、束《たば》になったビニール袋を取りだしました。

「銘柄《めいがら》を聞いたつもりなのに、ビールですらなかった……」

無念そうに拳を握り、声を震わせるちずさん。

「ちずちゃん、ビール飲みたかったの？　言ってくれたら、買ってきたのに」

遅いよと、定位置に座るいずみさん。

「だっていずみが、『ビールいいね』のタイミングで出かけたから」

「あのとき、『そういえばビニール袋が切れてる』って思いだしたんだよ。明日ゴミの日だから、急がないとと思って」

ビールからビニールを連想するのは、韻にこだわるいずみさんらしいです。

「姉妹なのに意思疎通ができないなんて……ああ……ビール……」

「ちずちゃん食べものがからむと、最近すぐゾンビになるね」

「ビール……ビール……」

「うるさいなあ。冷蔵庫の中見た？　ビールの代わりになるものあるかもよ」

「ビールは唯一無二の飲みもの。代わりになるものなぞ存在しない」

言いつつも、立ち上がって冷蔵庫に向かうちずさん。

ひとまず豆苗は、「個人の感想です」とフォローしておきます。

「あった……本当にあった！」

ちずさんがリビングへ戻ってきて、高らかにビールを掲げました。

「よかったね、ちずちゃん。それ、どこにあったの？」

「冷蔵室になかったから、ワンチャン冷凍室って見たらあった！」

よほどうれしいのか、ちずさん興奮気味です。

「買ってきたのを急いで冷やそうとして、忘れちゃったやつだね。しょせんちずちゃんのビールに対する情熱なんて、そんな程度だよ」

ちずさんのお株を奪うように、いずみさんが「ふっ」と冷笑しました。

「いいや、私の情熱はそんなものじゃない。飲む」

「飲むって、凍ってるよ。どうやって溶かすの」

「自然解凍。溶けゆくビールを眺めながら、おつまみを食べる」

ちずさんは抜かりなく、キャンディチーズを持ってきていました。

「本末転倒の極みだね」

「本末転倒と言えば、まさにそれだよ」

ちずさんがうらめしげに、あごの先で床のエコバッグを示します。

エコバッグでビニール袋を買いにいくのは、たしかに皮肉っぽいですね。

「なにかに負けた気はするけど、生ゴミ捨てるのに便利なんだもん」

いずみさんが、小さく肩をすくめました。

「まあ、いまは過渡期《かとき》だよね。『メール見た?』って、電話してた頃みたいな」

「少しずつ、わたしたちの生活は変化していくねえ」

「こういうのが、未来のジェネレーションギャップになるんだよ。土曜日も学校や会社があった時代を、若い人たちが知らないのと同じ」

「『えっ。車って、人が運転してたんですか?』みたいな」

いずみさん、なかなかうまいたとえですね。

「『えっ。人って、二本しか足がなかったんですか?』みたいな」

ちずさん、それはちょっと怖いです。

「でもなんだかんだで、時代はよくなってるよね。女の人が三十代独身でも、後ろ指をさされなくなったもん」

いずみさんが凍ったビールをつつきながら、しみじみと言いました。

「ネットのおかげで息苦しさも増えたけど、生き苦しさが解消された人もいる。ともあれ私たちの生活は間違いなく、便利にはなってるよ」

便利がいいとも限らないという、含みも感じる言葉です。

「わかる。スマホにおっかなびっくりだったわたしが、いまじゃ、まじろうのいない生活なんて考えられないもん」

そんないずみさんの声を受け、アルマジロのぬいぐるみが反応します。

『生活の検索結果が、四億八千九百万件見つかったぞ。生活とは――』

「検索を頼んだわけじゃないよ！　まじろう、ストップ」

いずみさんが制止すると、「ピブ」とすねたような電子音が鳴りました。

「コード決裁とかもそうだね。私は最近、マジック以外で小銭に触ってないよ」

そういう人は、ちずさん以外にも多そうです。

「どうしよう。わたしまだ現金派だよ。平成に取り残されてる」

「別に、のんびりでいいんじゃないの。こういうのはある意味で、ひとつの文明との決別だし。ただ歳を取れば取るほど、生活は変えにくくなるよ」

「うっ……でもコード決裁を支払い方法のメインにして、線路沿いの和菓子屋さんとか寄らなくなったら悲しいなって」

しばらくは現金と併用でも、人は楽なほうに流れちゃいますからね。

「あそこの和菓子屋さん、普通にスマホで決裁できるよ」

ちずさんの指摘に、いずみさんが「ええっ！」と驚きました。

「和菓子屋さんまで……わたし、おばあちゃんになった気分だよ……」

「あそこのご主人はたぶん八十すぎてるから、精神年齢の問題だろうね」

「たまに言われる。『いずみちゃんは、いい意味でおばあちゃんぽい』って……」

「キャンディチーズ、久しぶりに食べるとおいしいよ。いずみも食べて」

面倒だと思ったのか、ちずさんが話をそらしました。

「うわっ！　頭の中に、ちっちゃい頃のちずちゃん出てきた！」

チーズを口に放りこんだいずみさん、ちょっと興奮気味です。

「わかる。なつかしい味は、記憶を呼び覚ます」

「あの頃は、ふたりともかわいかったねえ。まあいまは、わたしだけがおばあちゃんだけど……」

いずみさん、飲んでもいないのに自虐気味です。

「若くたって、そういう人はいっぱいいるよ。きっと未来には、いずみみたいな人が暮らしやすい街ができる」

「でもそうなったら、ちずちゃんとは離ればなれ……」

いずみさんが面倒な感じになってますが、ちずさんは見捨てません。

「『スローライフ』って、言葉があるでしょ」

「自然に囲まれたログハウスで、畑を耕して暮らしてます、みたいな？」

「そういう田舎暮らしのイメージがあるけど、実際は『時間に追いかけられず、ゆっくり人生を楽しもう』みたいな意味らしいよ」

そう聞いて豆苗が思ったことを、いずみさんが口にしました。

「それってまんま、わたしたちの暮らしだね」

「そう。私はいまみたいな、身の丈にあったスローライフが気に入ってる」

ちずさんは、家の中ではぐうたらです。

むしろいずみさんのほうが、しっかり生活していると思います。

でもちずさんがひとり暮らしだったら、効率的に生きそうな気がしました。

ひとりだったら、こんな風にビールの解凍を待たないように思うのです。

「……そっか。へへ。なんかうれしい」

いずみさんの表情が、ぱっと明るくなりました。

「ちずちゃんは、姉妹暮らしのなにが好き？　やっぱりわたしのごはん？」

「ごはんもおしいけど、お風呂に入るときかな」

「……うん？　うん」

いずみさんが眉をひそめつつ、先をうながします。

「頭を洗って、次は体を洗おう。そう思ったら、ボディソープが切れてる」

「あるある」

「しょうがないからお風呂場から出て、洗面台の下から詰め替え用のボディソープを出す。すごく寒い」

「わかる。かけ湯だけ状態だから、逆に冷えるんだよね」

「しかもボディソープの開け口が切れない」

「そう！『濡れた手でも大丈夫です』って書いてあるのに、切れない！」

世に言う、「こちら側のどこからでも切れます詐欺」ですね。

「そんなとき、いずみと暮らしててよかったって思うよ。おーいって呼べば、ボディソープ詰め替えにきてくれるから」

「それ技術が進歩したらいらなくなるやつ！」

言っていずみさん、自分のスマホをじっと見つめました。

明日のおやつは、なんらかの和菓子になりそうですね。

#12　恐怖のパクパクモンスター

午前零時。

真っ暗なリビングに、ぼんやり灯《とも》るテレビの光。

画面に映るのは、得体の知れない怪物による血の惨劇《さんげき》。

それを見つめるのは、ヘッドホンをしたちずさんと、その手の中でびくびくしているハムスターのハム吉《きち》でした。

いずみさんがベッドに入ったら、花森《はなもり》家では映画の鑑賞タイムです。

マジックは演技と演出のたまものなので、映画やドラマの視聴はマジシャンにとっての勉強ですからね。

クールなちずさんの好みはホラー映画で、豆苗やハム吉が背筋を凍らせるシーンでも眉ひとつ動かしません。

そんなちずさんも、今夜は恐怖に凍りつきます……。

「ひぃいいいっ！」

深夜に響き渡った悲鳴は、もちろんちずさんのものではありません。

就寝していたはずのいずみさんが、部屋から真っ青な顔でリビングに飛びだしてきたのでした。

「どうしたの、いずみ」

ちずさんがヘッドホンをはずし、怪訝《けげん》な表情で声をかけます。

「聞こえる……聞こえるの……」

いずみさんは我が身を抱いて、唇を震わせていました。

「聞こえるって、なにが」

「わたしが寝てたら、どこかから踏み切りの音がカンカンって……」

豆苗はそれだけで「ひいっ」となりましたが、ちずさんはやっぱり冷静です。

「そこそこ近くに踏み切りあるし、静かな夜には聞こえるかもね」

「でも、ちずちゃん。この時間に、電車は走ってないよ……」

「じゃあうぐいすの声と同じ、イヤーワームでしょ。ガムあるよ」

あれ以来、花森家にはガムのボトルが常備されました。

「違うの。頭の中じゃなくて外なの。ちずちゃん聞こえなかった？」

「ヘッドホンしてたから」

ちずさんは耳を澄ませていますが、やはり聞こえないようです。

「もうだめ。怖くて眠れない」

いずみさん、けっこう真剣におびえていますね。

「じゃあ一緒にホラー映画見る？　死ぬほど人が死ぬやつ」

「見ないよ！　なにかやわらかくて、あたたかいものに触りたい」

そう言って、いずみさんはハム吉に手を差しだしました。

するとハム吉はもったもったと歩き、いずみさんの手の上で丸くなります。

「ああ、もふもふ……ふわふわ……」

明るい茶色と白の体に、頬ずりをするいずみさん。

今夜は怖かったのか、目を閉じて身を寄せるハム吉。

ゴールデンハムスターは人なつこいので、こんな風にコミュニケーションを取ることもできます。

「もう十分、摂取したでしょ。映画の途中だから部屋に戻って」

ちずさんが手を伸ばし、ふわふわな生きものを奪いました。

「はーい。じゃ、おやすみー」

いずみさんは満足したようで、にこやかに部屋へ戻っていきます。

「さて」

ちずさんが再びヘッドホンを装着して、映画を再生しました。

テレビ画面に、巨大な怪物が大口を開けたシーンが映ります。

豆苗とハム吉が、思わず身を硬くした瞬間——。

「うわあああああっ！」

再び私室から、いずみさんが飛びだしてきました。

「また！　また聞こえるよ、ちずちゃん！」

わなわなと震えながら、いずみさんがちずさんに抱きつきます。

「いずみ、いいかげんにして。『恐怖のパクパクモンスター』に集中できない」

そう言って、ちずさんがヘッドホンをはずしたときでした。

カン、カン、カン、カン——。

一定のリズムで、どこからともなく聞こえる踏み切りの音。

その音は、豆苗にもはっきりと聞こえました。

「ほら！　ちずちゃんも聞こえたでしょ？」

泣きついてくるいずみさんに、ちずさんが小刻みにうなずきます。

「聞こ……えた……」

さすがのちずさんも、いずみさんを抱いたまま周囲を警戒しました。

「ほら、また。怖いよ、ちずちゃん」

カン、カンという機械的な音は、いまも断続的に聞こえてきます。

「さっきよりも、音が大きい……」

ちずさんが眉をひそめつつ、薄暗い辺りを見回します。

「きっと近づいてきてるんだよ！　幽霊列車が！」

「なに、幽霊列車って」

「なんかこう半透明で、幽霊がいっぱい乗ってる感じの列車だよ。たぶんテレビのある壁から現れて、出窓の向こうへ走っていくんだよ」

そうなったら、豆苗やまじろうはどうなってしまうのでしょうか。

「落ち着いて、いずみ。音は少なくとも、あっちから聞こえる」

ちずさんはテレビのある北側ではなく、キッチンのある西側へ向きました。

「どうしよう、ちずちゃん。あっちからきたら、部屋の中に逃げ場ないよ」

「いずみ、静かに」

ちずさんはキッチンのほうを向いて、無言で視線を動かします。

カン、カン、カン、カン——。

音は、どんどん大きくなっています。

カン、カン、ファン、ファン――。

まるでUFOが出現する前触れのような、聞いたことのない音に変わりました。

その瞬間、ちずさんが立ち上がってキッチンに向かいます。

「ここか！」

ちずさんがおもむろに冷蔵庫のドアを開けると、踏み切りの音が止みました。

「すごい、ちずちゃん！　リアル陰陽師《おんみようじ》！」

いずみさんが尊敬の眼差しを向けましたが、ちずさんの表情は暗いままです。

「まずいよ、いずみ。庫内灯が点《つ》かない。というか、冷気がない……」

ちずさんの言葉を聞いて、いずみさんが駆け寄りました。

「うそ。冷蔵庫が壊れたってこと？」

「まじろう、電気をつけて」

『うむ』

豆苗の隣でアルマジロが返事をして、室内が明るくなります。

「この冷蔵庫って、いずみが買ったやつだよね」

「もらったんだよ、職場をやめた人から。相当年季入ってるから、寿命かも」

「あの踏み切り音は、冷蔵庫の断末魔だったのかもね……」

「怖いこと言わないでよ」

「いずみ。本当に怖いことが起こるのは、これからだよ」

「やめてってば！」

「そういうんじゃなくて、真夏に冷蔵庫が壊れたってこと」

「あ……」

そこで姉妹は顔を見あわせ、心底にぞっとした表情になりました。

「どうしよう、ちずちゃん。食材がそこそこ残ってる」

「無駄にしないためには、食べるしかないね」

「こんなこともあろうかと、我が家には冷凍トルティーヤが常備されています！」

いずみさんが、ドヤッという顔でキッチンに立ちました。

「じゃあ私は、調味料とか野菜を玄関に運んどく」

ハトのギンコがいる玄関が、この家で一番涼しい場所です。

姉妹はてきぱきと体を動かし、やがてリビングに料理が並びました。

「ハムとチーズだと、ほぼコンビニで売ってるブリトーだね」

ちずさんが口にしているのは、お守りサイズまで折り畳んだトルティーヤです。

「豚キムチとかイカの塩辛も、けっこういけるよ」

いずみさんも満面の笑みで、もりもりと食べています。

トルティーヤは生地が比較的厚いので、汁ものを包んでもこぼさずに食べられるみたいですね。

「ん！　ちずちゃん、これ意外なおいしさ。千葉《ちば》の人にもらった、ピーナツ味噌《みそ》」

「なんで保存が利くもの食べちゃうの」

一時はどうなることかと思いましたが、ふたりはぱくぱくと楽しげです。

「トルティーヤで包めば、なんでもおいしく食べられるね」

「深夜なのに、気づけばあらかた食べてるよ。むしろ私たちこそ、『恐怖のパクパクモンスター』……」

そこでふたりは、再び顔を青ざめさせました。

テーブルに並べた料理、けっこうな量がありましたからね。

真夏に冷蔵庫が壊れると、どう転んでもホラーにしかならないようです。

#13　忘却のカツ丼

豆苗の頭上で、ちりんと風鈴が鳴りました。

鳴らしているのはエアコンの風ですが、とにもかくにも夏ですね。

姉妹はのんべんだらりと暮らしているように見えて、季節感はけっこう意識しているように思います。

まあ豆苗の左隣には、まだクリスマスツリーが飾ってありますけど。

とはいえカーテンレールに風鈴を吊《つ》るしてくれたちずさんも、いまは夏っぽくラムネなんて飲んでいますしね。


「ほろっほ」

玄関先で、ハトのギンコが鳴きました。

出かけていたいずみさんが、帰ってきたみたいですね。

「タロイモ」

「おかえり、いずみ。暑かった？」

「暑い。エアコン。暑い」

いずみさんはリビングにくると、エアコンの前で両手を広げました。

「いずみ、買いものに行ってたんでしょ。夕飯なに？」

「トンカツなんだけど、最近人の顔が覚えられないなーって」

いずみさんも冷蔵庫からラムネを持ってきて、こいんとビー玉を鳴らします。

「その話、前後がまるでつながってない」

「いま下の通りで挨拶されたんだけど、相手が誰かさっぱりわからなくて」

「いずみは記憶力弱いよね。お客さんに選んでもらったカード、すぐ忘れるし」

「そんなの、三回に一回くらいでしょ」

いずみさんがむっとして、頰をふくらませました。

「百回に一回でも、マジシャン落第だよ」

「でも昔のこととか、すっごい覚えてるよ。ちずちゃんがカルタの『め』にペンで書き足して、『ぬ』にしたこととか」

「そんなどうでもいいこと覚えてるから、大事なこと忘れちゃうんだよ」

そんなどうでもいい思い出、豆苗は素敵だと思います。

「大事なことだって覚えてるよ。いま冷蔵庫に入ってる、卵の賞味期限とか」

「言ってみて」

「八月二十日まで。あと三日はある」

ふーんと相づちを打っただけで、ちずさんは確認まではしません。

「じゃあいずみが人の顔を覚えられないのは、記憶力は関係ないと仮定しよう。そうなると、酔っ払いと同じになるね」

「酔っ払い？」

「記憶がなくなるんじゃなくて、最初から覚えようとしてないってこと。よく『人の顔が覚えられないのは、人に興味がないから』って言うでしょ」

酔っ払いが記憶をなくすメカニズムは、忘れてしまうのではなく、お酒でとろけた脳が最初から記憶をサボるせいらしいですよ。

「出た、心理学っぽいやつ。わたしはその論に異を唱えるよ。だってわたし、めちゃめちゃ人に興味あるもん」

「問題。この人は誰」

ちずさんが、テーブルの下からフリップを出しました。

こちらに向かってピースしているおじさんと、若い女性の写真です。

「なんでそんなの用意してあるの」

「聞いてるのは、このおじさんのほうね」

ちずさんがフリップを指さします。

「え？ 誰だろう……わかんない」

「いずみがさっきトンカツを買った、お肉屋さんのご主人だよ」

ちずさんが写真の下のフリップをめくると、『すずきやさんのご主人』と読みやすいフォントで書かれていました。

「なんでそんな写真撮ってるの」

「街中で偶然会って、声かけた流れで撮った。横にいるのは娘さん」

「へー。あのご主人、こんな大きい娘さんいるんだ」

成人しているように見えるので、ご主人は若い頃にご結婚されたんでしょうか。

「やっぱり引っかかった。奥さんだよこれ」

「えっ、あの割烹着《かっぽうぎ》の？」

「そう。元グラビアモデルだって。美人だよね」

「うそ。なんでコロッケ屋さんに？」

「お肉屋さんね。ちなみにあの店は、奥さんのご実家」

「じゃあご主人のほうが、婿《むこ》入りなんだ」

へえと感心するいずみさんに、ちずさんがさらに問題を出します。

「では、ご主人の名前は」

「えっ……知らない。たぶん聞いたことないよ」

「鈴本《すずもと》さんだよ。あの人、『すずきやなのに鈴本です』が持ちネタでしょ」

「初耳だよ。コロッケ屋さんで、コロッケの話以外しないよ」

「ご主人はこのネタ、一日に七回は言ってる。絶対に聞いたことあるよ。いずみは単に、つまらない人のことを覚えてないだけ。あと『お肉屋さん』ね」

ちずさんの論理的な説明に、いずみさんがしょんぼりとします。

「そう聞くと、自分がすごいやな人間に思えるね……」

「たいていの人はそうなんだよ。顔を見ても誰かわからないってことは、取るに足らない相手ってこと。人間として面白くない相手が悪い」

正論って、だいたいいつも残酷です。

「でも、ちずちゃんは覚えてる」

「私は誰に対しても、興味を持てるから」

たしかにちずさん、形態模写とか得意ですもんね。

「そっか……わたし、ものすごく薄情な人間だったんだ……」

「もしくは著《いちじる》しく、記憶力が悪いか」

ちずさんが立ち上がり、冷蔵庫へ向かいました。

「いずみ。卵の賞味期限、間違ってるよ。今日で切れる」

「えっ、うそ」

「トンカツ買ってきたなら、カツ丼にしよう。たまには私が作ろうかな」

そう言って、ちずさんは卵を割り始めました。

「そっか……わたしは著しく記憶力が悪いだけだったんだ。よかった……自分がひどい人間じゃなくて」

いずみさんが胸を撫で下ろし、こいんとラムネのビー玉を鳴らしました。

その音を聞いて、ちずさんがくすりと笑います。

もはや真相は、三角コーナーの中。

それを知るちずさんも、カツ丼を食べたら忘れてしまうんでしょうね。

＃14　親しき仲にもデリカ

出窓から見える夜の街には、街灯や信号の光が輝いています。

それでもさびしさを感じるのは、季節のせいでしょうか。

秋が近づくと、野菜だってちょっぴり感傷的になります。

豆苗は右肩上がりで売り上げが伸びているのに、外食産業での需要が少ないのはオシャレ感が足りないからかな……。

アルファルファさんとか、ブロッコリースプラウトさんみたいに、細身のスタイルになったほうがいいのかな……。

こんなに豆苗が落ちこむのは、最近ぜんぜん収穫してもらえないからです。


「ほろっほ」

玄関で、ハトのギンコが鳴きました。

「ただいま！　ちずちゃん、聞いて！」

リビングに現れたのは、息せききった様子のいずみさんです。

「あれ？　ちずちゃん？」

リビングにいないとわかると、いずみさんは私室のドアをノックしました。

「おーい。いないの？　おかしいなあ。靴はあったのに」

いずみさん、あちこち見回して気づいたようです。

「あ、そうか。トイレ」

リビングの西側、豆苗からは見えない玄関のほうへ向かったいずみさん。

「ねえ、ちずちゃん。いるよね？」

音で判断する限り、トイレのドアをノックしているようですね。

「トイレにいるってわかったなら、話しかけないで？」

いくらかくぐもった、ちずさんの声が聞こえてきました。

「ちずちゃんって、けっこうそういうの気にするよね。お風呂上がりも、裸でうろうろしないし」

「姉妹とはいえ、人の目があるわけだし。あと話し続けるのやめて？」

ちずさんの声には、いくらか怒気がこもっているようです。

「それはそうと、たいへんなんだよ」

そういえばいずみさん、慌てた様子で帰ってきてましたね。

「たいへんなのは私だから。察して？」

「またおなか壊したんでしょ。でね——」

「『でね』、じゃないよ。なんで普通に話し続けるの。いずみはデリカシーがなさすぎる。親しき仲にも礼儀あり。友ならお金の貸し借りなし」

酸いも甘いも知りつくした感のある、ちずさんらしい座右《ざゆう》の銘《めい》です。

「わたし、そんなにデリカない？　一応は、見えないところで気を使ってるよ」

「たとえばどんなデリカシー」

「おならをしない」

「当たり前だから。お父さんですら、そのくらいのデリカシーあったよ」

花森《はなもり》家は女性ばかりですし、お父さんは気を使ったでしょうね。

「じゃあちずちゃんの言うデリカって、たとえばなに」

いずみさん、居直ってます。

「デリカシーは、パンイチでうろうろしないとか」

「わたしが下着でうろうろしてるのを見たの、一回か二回でしょ。わたしだってどっちかっていうと、服を着てないと落ち着かないタイプだよ」

豆苗も見たことはないので、本当だと思います。

「……言われてみれば、そうかも」

「でしょ。このへんの感覚が違うと一緒に住めないよ。つまりパンイチは、イメージによるちずちゃんの決めつけ！」

きっといずみさんは、ドアにびしっと指をつきつけたと思います。

「わかった。謝るから、トイレにいるときは話しかけないで？」

「なんで？　お風呂はいいのに」

「そこがデリカシーだよ」

「難しいなあ、デリカ」

「さっきからシーを略すのも、正直いらっときてる」

普段のちずさんなら、もっと早くツッコミを入れていたはずです。

現状かなり、のっぴきならない状態にあるみたいですね。

「わかった。気をつける。じゃあちずちゃん、わたしも一個言わせてもらうね」

「言わせてもらわないで？　いま『気をつける』言ったばかりでしょ」

「でもこういうのは、思いついたときに言わないと忘れるし」

「また思いつくから。一緒に暮らしていく中で、私がトイレに入ってない時間のほうが圧倒的だから」

「ちずちゃんは、映画見るときにデリカないよね」

いずみさん、有無を言わさず続けます。

「そんなことないでしょ。夜中にホラー見るときは、ヘッドホンするし」

「一緒に映画を見てるときの話だよ。ちずちゃん泣ける映画とかでも、監督がどうとか、役者がどうとか、関係ない話するでしょ」

「そういうのを知ってるほうが、より楽しめるでしょ」

「わたしは感情移入したいの。うんちくなんて、ノイズにしかならないよ」

たしかにちずさん、「このシーンが泣けるんだよねー」と泣けるシーンで笑いながらコメントしがちです。

「あらためて指摘されると……私ちょっとオタクっぽいね」

「オタクなのは別にいいよ。でも好きな映画を聞かれて、『タイタニック』って答えたら鼻で笑われたのは、いまでもちょっとうらんでる」

「私そんなことしたっけ……？」

そういうことを言われると、好きな映画も嫌いになっちゃいますよね。

「あとこっちが話あわせてあげようとして、うろ覚えで映画の話すると、鬼の首取ったように、『正しくは桶狭間《おけはざま》』とか訂正してくるでしょ。あれもひどい」

「うっ……なんかいろいろ痛い……」

あらゆるジャンルはマニアがつぶすって、本当みたいですよ。

「ほかにも――」

「いずみ、もう許して。私いま、トイレで紅《くれない》に染まってる」

ちずさん、だいぶダメージを受けているみたいです。

「ううん、わたしも悪かったよ。ごめんね、ちずちゃん」

「じゃあいいかげん、集中させて？」

「ルームシェアをする人は増えてるって言うけど。姉妹ですらこれなのに、他人同士でケンカにならないのかな」

「姉妹だからこうやって言いあえるけど、他人だと我慢しちゃうんじゃないの。その結果、ためこんで爆発する。あと私もそろそろ爆発する」

血がつながった関係は、悪化したとしても解消できませんしね。

ときにはこうして思いを吐きだすのも、ふたり暮らしの処世術《しょせいじゅつ》なのでしょう。

「ごめん。途中で面白くなっちゃって。お詫びに夕飯のリクエスト受けるよ」

「穴子《あなご》」

さすがちずさん、許容範囲のギリギリをついた見事なチョイスです。

「まあ……しょうがないか。わたしはなんか、お惣菜食べたくなった。じゃあ穴子のお寿司とか買ってくるね」

スーパーのお惣菜売り場とか、デリカコーナーって言いますしね。

「なんでもいいから、いいかげん放っておいて？」

「わかった。あとね」

「いずみ？」

「わたしたち、テレビ出演できそうだよ」

ちずさんの「は？」という声が、リビングまで響き渡りました。

いずみさんが急いで伝えたかったのは、そのことだったみたいです。

「まあキー局じゃないし、ギャラももらえないけど」

「詳しく」

水を流す音が聞こえて、ちずさんもリビングにやってきました。

「こんど出演する駅前のマルシェに、ローカルテレビが取材にくるんだって。バルーンアートのマチャ彦《ひこ》さんから、さっきラインきた」

マルシェは週末の駅前で行われる、地元のお店の露店市です。マジシャンや大道芸人さんも、集客のために呼ばれるそうですよ。

「いいね。オンエアに五秒でも映れば、お母さんが喜ぶ。じゃ」

ちずさんはそれだけ言うと、またトイレに戻っていきました。

「『営業の仕事が増える』、じゃないんだ」

いずみさんがリビングでひとり、くすくすと笑っています。

ちずさんはなんだかんだで、家族思いですよね。

「ちずちゃんおなか冷えたんだろうし、買いものから帰ってきたら豆苗でお味噌汁だけでも作ろうかな」

いずみさんもまた、なんだかんだで家族思いです。

豆苗あんまりだしは出ませんけど、姉妹仲のためにがんばろうと思います。

#15　魔法使いはスプーンで食べる

天高く馬肥《うまこ》ゆる、食欲の秋になりました。

普段の花森《はなもり》姉妹はパジャマ同然の部屋着ですごしていますが、今日はふたりとも黒い燕尾服を着ていますね。

マジシャンにとって、衣装は「種」の隠し場所。

今日は一日中、燕尾服を着ての通し稽古です。

「有馬《ありま》姉妹！」

「種もしかけも！」

この決めゼリフも、最初の頃の面白ポーズとは違います。衣装が燕尾服に決まった辺りからは、姉妹で対称になるかっこいい感じになりました。

ところで燕尾服は姉妹で同じデザインですが、帽子だけがちょっと違います。

「私が姉です」

ちずさんがかぶっているのは、小さな山高帽《やまたかぼう》。

映画好きで一部のマジックではパントマイムを取り入れているちずさんは、喜劇王チャップリンをリスペクトしているみたいですね。

「わたしが妹です」

ハト使いのいずみさんは、もちろん定番のシルクハットです。隠しポケットがついたシルクハットは、ステージマジシャンには必須ですからね。

姉妹は毎日マジックの練習をしていますが、衣装を着ては久しぶり。

豆苗は拍手を送るつもりで、最後のネタを見守ります。

「種もしかけも！」

「有馬姉妹！……う」

びしっとセリフが決まると同時に、びりっとなにかが破ける音がしました。

「やっちゃったかも。ちずちゃん、お尻見て」

いずみさんが青い顔で、ちずさんに頼んでいます。

「いってるね。ぱっくりと」

どうやら燕尾服のパンツの、お尻のところが破けちゃったみたいですね。

「こういうの、マンガだけの話かと思ってたよ……」

「『スーツだとけっこうあるある』って、リプライがきてるよ」

「つぶやくの早いよ！　世界中にわたしの恥を拡散しないで！」

幸いにして、画像は添付《てんぷ》されていなかったみたいです。

「とりあえずネタのチェックはできたし、晩ごはん食べようか」

ちずさんの提案で、ひとまずは夕食ということになりました。

今夜のメニューは、ネギトロ丼で簡単にすませるみたいです。

「ちずちゃん、わたし太ったかな？」

ぱくぱくと軽快に食べながら、いずみさんが尋ねました。

「太った」

ちずさんが、目にも留まらぬ速さで斬りつけます。

「やっぱそっか。このネギトロ、五百円しないわりにおいし…………うっ」

言葉の切れ味が鋭すぎると、なかなか斬られたことに気づけませんよね。

「ちずちゃん、痛い……心まで裂けたよ……」

「あえてオブラートにくるまないのが、身内の優しさだよ。歳を取ったら、腰回りに肉がつくのはしかたがない。それを受け入れた上で、解決策を考えないと」

「解決策って、縫《ぬ》うだけじゃないの」

なんの話かわからないというように、いずみさんが首をひねりました。

「問題の根本をどうにかしないと、また破けるよ。コスパ悪すぎ」

ステージ衣装は、オーダーメイドですからね。

「やめてよ、ちずちゃん。食事中にそんな話、はしたない」

「いずみの中で、『ダイエット』はシモ扱いなの？」

「そうだよ。食欲が失《う》せるもん」

答えながらもいずみさん、現在のそれは旺盛《おうせい》です。

「うちは丼物多いし、いずみはなんでもスプーンで食べる」

「だって作るの簡単だし、食べやすいし」

たしかにネギトロ丼や親子丼は、箸では食べにくい面もありますね。

「それが太る原因の一端かもよ」

早く食べると満腹感が得られず、余計に食べてしまう。

そういう理由で海外でも、食事の際に箸を使う人が増えているんだとか。

「なるほど。じゃあ、お箸で食べてみよう」

いずみさんが、キッチンから箸を持ってきました。

そうしてぱくぱくとネギトロ丼を完食してから、はたと気づきます。

「ぜんぶ食べたら、結局カロリー一緒だよ！」

ちずさんがにやりと笑い、スマホを操作し始めました。

「ちずちゃん、またつぶやこうとしてるでしょ！」

「『親近感しかない。姉者《あねじゃ》、現地レポ頼む』だって。『まかせろり』っと」

「ツイート早いよ！　わたしの膨張《ぼうちょう》を傍聴《ぼうちょう》しないで！」

ちずさんは、すんと無表情のままです。

「面白いこと言ったときは、つぶやいてよ！」

それが面白いかはともかく、ふたりのやりとりは今日も愉快《ゆかい》です。

「でもまあ、私も他人事じゃないんだよね。昔よりは、確実に太ったし」

ちずさんも食べ終えたので、いまはほうじ茶タイムです。

「ぜんぜん見えないよ。ちずちゃんは、いまも痩せてる」

豆苗から見ると、ふたりとも同じくらいに細いですけどね。

「人間の体は、歳を取ったら燃費がよくなる。昔の体型を維持するには、食べる量を減らすか運動するか。だから私は食べないほうを選んだ。経済的だし」

「そんなの悲しすぎる。おいしいものを我慢なんてできないよ」

「ギンコにはダイエットさせてるのに」

玄関のほうで、「ほっほろ！」と抗議の声が上がりました。銀バトはシルクハットに隠れるため、一定の体型でいる必要があるのです。

「じゃあわたしは、運動でやせる。目指せ二十代の頃」

壁に飾ってあるお父さんの写真の横に、いずみさんがなにかを貼りました。見たところ、「パピヨンいずみ」だった頃の宣材写真みたいですね。体型はさほど変わらないように見えますが、衣装がいまよりアイドル風です。

「いずみは小さい頃から、かわいい服が好きだったね」

宣材写真を見るちずさんの目は、少しまぶしそうでした。

「お母さんのっ、影響っ、だろうねっ」

善は急げとばかりに、いずみさんがスクワットしながら答えます。

「私はいずみのお下がりをもらうたび、学校にいくのが恥ずかしかったよ。ぜんぜん似あってなかったから」

ちずさんはいまも、スカートよりはパンツを好んでいるようです。

「そんなことっ、なかったたっ、よっ」

バーピージャンプをしながら、いずみさんが答えました。

最初から、こんなに飛ばして大丈夫でしょうか。

豆苗の不安をよそに、いずみさんのダイエット作戦は始まりました。

そして、三日で終わりました。

「種もしかけも！」

「有馬姉妹！」

びしっとポーズを決めましたが、今回はぴりっといきません。

「ふははは！　これこそが、根本的な解決だったのだ！」

高らかに笑ういずみさんの燕尾服は、パンツではなくスカートでした。

「うーん……」

ちずさんは腕組みをして、スカート燕尾服のいずみさんを見つめています。

「やっぱりだめ？　衣装をそろえないと姉妹っぽくない？　だとすると、ちずちゃんにもスカートをはいてもらうしか……」

「いや、ありだと思う。いずみに似あってる」

「でもちずちゃん、Ｃｈｉｚｕ時代から衣装にこだわってたでしょ。主催にレオタードとかミニスカートとか頼まれると、仕事ごと断ってたし」

たしかに女性マジシャンというと、セクシーな衣装の人が多いですね。

「私に求められるのがいやなだけで、似あってる人まで否定しないよ。マジシャンは魔法使いで、衣装は世界観だからね」

「本当？　ちずちゃん私服も、メンズっぽいのに？」

「私はメンズを着たいんじゃなくて、ポケットがほしいんだよ」

「あー。たしかに女性ものって、ポケットない服が多いよね」

仮にあっても、縫いつけられたフェイクだったりするそうで。

「ふいにマジックをせがまれたとき、コインを隠す場所が袖しかないと困る」

「わたし、そこまで考えたことないよ」

「いずみのステージマジックは、仕こみが一番重要だしね。姉妹で衣装を統一する必要はないよ。いずみは歳のわりに、かわいいのが似あってる」

「えっ、ほめられてるの？　ディスられてるの？」

「好きに受け取って」

それは言い換えれば、「キャラクターが立っている」ということだと思います。

ちずさんはたぶん、唯一無二の芸人と賞賛したんでしょうね。

＃16　サイレント昼

出窓に当たる光。
緑色の豆苗と、灰色のアルマジロのぬいぐるみ。
リビングのローテーブル。
右にスウェット上下のちず。
左にもこもこルームウェアのいずみ。

字幕。
『休日の昼下がり。差し迫ってやることのない時間』

ちずはノートパソコンで、ネットショッピング。
いずみは寝転んで、マンガを読みながらお菓子。
テレビの画面に流れているのは、チャップリンの『黄金狂時代』。
いずみはポッキーの、チョコをなめてからスティックを食べる。

それを見て、いらいらするちず。
ちず、いずみのポッキーを奪ってバリバリと嚙み砕いて食べる。
いずみ、むくれてキッチンからポテトチップスを持ってくる。
ちずは食べ残しを考慮し、クリップとはさみを用意しようとする。
しかしいずみは食べやすさを考慮し、パーティー開けを試みる。
失敗。
部屋中に飛び散るポテチ。
貧乏性のちず、床に落ちたポテチをつまんで食べようとする。
そこへいずみが、豪快に掃除機をかける。
いくらか袋に残ったポテトチップス。
ちずは割り箸で食べる。
しかしその割り箸は等分されておらず、ハブラシのシルエット。
いずみが指をさして笑う。
いずみは手でポテチを食べ、テレビのリモコンに触る。
ちずが目くじらを立てる。
ケンカになる前に、いずみがジェンガを用意。

勝負は白熱し、ジェンガブロックはかなりの高さに。
しかしいずみがミスをして、倒壊。
四方八方に飛び散るブロックを、ちずがすべて空中でキャッチ。
思わず出る、「種もしかけも！」、「有馬《ありま》姉妹！」のポーズ。
ちずが冷蔵庫へいって、牛乳パックを開けて飲む。
しばらくして、いずみも冷蔵庫へ。
開けるのに失敗して、注ぎ口が六角形になっている牛乳パックを発見。
いずみ、おなかを抱えて笑う。
あんまり笑って暑くなり、エアコンに向けてリモコンを操作する。
テレビの電源が切れた。
ちず、テーブルをたたいて笑う。
いずみがふと気づく。
ケージの中に、ハムスターのハム吉《きち》がいない。
ふたりとも、大わらわで部屋中を探す。
ちずがテーブルの下に頭をつっこむ。
いずみがケージを動かして壁の隙間を確認する。

その間に、ハム吉が床を左から右に横切る。
ちず、自室のドアを開けて中に入る。
いずみも、自室のドアを開けてハム吉を探す。
その間に、ハム吉が床を右から左に横切る。
姉妹がそれぞれ、自室から出てくる。
どこを探しても見当たらない。
トイレのドアを開けたり、はては冷蔵庫の中まで見たり。
ぐったり疲れた姉妹がそろって、最後に出窓にやってくる。
そうしてアルマジロのぬいぐるみの裏で、つぶらな瞳のハム吉を発見。
豆苗《カメラ》からアップの状態で、姉妹が声をそろえる。

字幕。
『よかった』

＃17　シュレディンガーのイチゴ大福

豆苗はいつも、出窓から花森《はなもり》姉妹のゆる暮らしを眺めています。

ふたりはこう見えて、キャリア十余年のマジシャンユニットなんですよ。

特等席で練習風景を眺められるなんて、豆苗はラッキーな野菜です。


「ちずちゃん、クロースアップのコツを教えて」

リビングのローテーブルで、向かって左側に座るいずみさんが言いました。

クロースアップマジックは、テーブルマジックとも呼ばれています。少人数のお客さんの前でカードを使うような、こぢんまりした演目のことですね。

「いずみ、なんかネタ思いついたの？」

向かって右側、ちずさんがノートパソコンから顔を上げました。

「消えたイチゴが、大福をかじると出てくるってどう？」

「『ビル・イン・レモン』の派生？　みんな思いつくけどやらないかな」

お客さんから預かった紙幣が、レモンの中から出てくるマジックですね。

「なんでやらないの？」

「お金かかるし、太るから」

普通の大福だと思ってかじると、イチゴ大福になっている。ほのぼのしていていいのですが、練習をするだけでもコストとカロリーが高そうです。

「でもいずみっぽいし、試してみれば。寿司職人はシャリを握る前に『おから』で練習するっていうし、ほかのものでやってみるとか」

「うーん……夏ミカン大福とか？」

「コストもカロリーも変わってない。そもそも『シュレディンガーの猫』じゃないんだから、大福をかじらなくても中身はわかってるでしょ」

でもかじるところまでが練習なので、なにで代用するかという話です。

「あー、シュレディンガーね。かわいいよね」

いずみさん、わかったふりをしたようです。豆苗が悲しくない感じにアレンジして説明しますと、『シュレディンガーの猫』は、毛布の中に猫がもぐりこんでいるかいないかは、人間が観測するまでわからないという思考実験です。

ゆえに人間がめくる前の毛布の中には、五十パーセントの確率で猫がいる。すなわち半分透明になった「五十パーセント猫」がいる、と考えられるわけですね。

もちろんそんなわけはないんですが、この思考実験は量子力学におけるパラドックスを説明するためのものですし、猫は半透明でもかわいいと思います。

「クロースアップのコツは、撮影と研究と反復練習」

猫は本題に関係ないからか、ちずさんが話を進めました。

「そういえば、ちずちゃんはよく自分の手元を撮ってるね」

「消失マジックなら、コマ送りで自分の手の残像が見えるタイミングを計る。あとは角度。お客さんの視点でどこまで見えるかの確認」

マジックは人間の思いこみを利用するので、動画で「見てほしい場所」と「見てほしくない場所」を把握するのだと思います。

「なるほど。やってみよう。ちずちゃん、三脚貸して」

いずみさんがテーブルにスマホを固定して、撮影を始めました。

「よっ」

いずみさんの右手にあったスポンジ製のボールが、左手の中から現れます。

クロースアップが苦手ないずみさんも、このくらいはお手のもの。

次第に興が乗ってきて、ボールでお手玉を始めたところ——。

「あ」

いずみさん、天井を見上げて静止しました。

「どうしたの」

ちずさんが聞き返すと、いずみさんは首を横に振ります。

「なんでもないよ」

「なにかごまかしてる」

「うん。だから天井は見ないで」

「天井……ひっ！　ひぃいぃいぃっ！」

ちずさんが絶叫し、あとずさりしながら自室に逃げこみました。

「だから言ったのに」

ため息をつくいずみさんの真上、天井で小さな点が動いています。

あまりに小さいので判断できかねますが、たぶんクモでしょうね。

「いずみ、殺して！　いますぐ消し去って！」

どうやらちずさん、虫が苦手みたいです。

「クモは殺しちゃだめなんだよ。ちょっと待って」

いずみさんは平気なようで、お風呂場から洗面器を持ってきました。

そうしてローテーブルの上に乗りましたが、洗面器は天井までは届きません。

「ごめん、ちずちゃん。部屋から椅子を持ってきて、押さえててくれない？」

「無理。絶対無理」

ドアの向こうから、ちずさんが半泣きの声で答えます。

「でも手伝ってくれないと、ルームメイトが繁殖《はんしょく》するかもよ」

部屋の中から「ひっ！」と聞こえ、ちずさんが慌てて椅子を持ってきました。

「ちずちゃんは上を見なくていいから、ちゃんと椅子を押さえて、よっと」

いずみさんがテーブルの上の椅子に乗り、手早く洗面器でクモを捕らえました。

「捕まえた？　すごい。今日から三日くらい、いずみのこと軽蔑《けいべつ》しない」

「普段は頻繁にされてるってこと⁉」

「冗談だよ。報酬として、イチゴ大福を買ってきてあげる」

「やったね。まあ問題は、どうやって運搬するかなんだけど――あ」

いずみさんが、そっと洗面器を動かしたときでした。

わずかな隙間から、ぴょんとクモが飛びだしてきます。

「うわあああっ！　いずみ、捕まえて！　滅《めっ》して！」

「わかったから、椅子から手を離さないで。わたしが滅されちゃう」

ちずさんをなだめすかして、いずみさんが床に降りました。

そうして辺りを見回しましたが、クモの姿はどこにもないようです。

「まさか、見失ったの？　いずみ最低。そんなんだから太るんだよ」

「軽蔑が早い！」

「いいから早く捕まえて。イチゴ大福二十個買ってあげるから」

「太っ腹……になりそう。ひとまずクモを見つけないと、どうしようもないよ」

いずみさんが、肩をすくめました。

「見つける……人海戦術……ハム吉《きち》……はっ！」

ちずさん、なにかひらめいたみたいです。特殊部隊員のように警戒しつつ玄関へ向かうと、白いハトを連れてきました。

「ギンコは飛べるぶん、ハム吉よりも視野が広い。私は天才」

白いジュズカケバトは「銀バト」とも呼ばれ、性格もひとなつっこくマジックでよく使われています。

そういう意味でギンコは、ハム吉や豆苗、まじろうといった花森家のルームメイトたちよりも、姉妹の相棒に近い存在でしょう。

「さあギンコ。我に害なすものを捜しだし、あの世へ葬《ほうむ》っておしまい」

ちずさんが命じると、ギンコは「ふるっふー」と鳴いて飛び立ちました。

そうしてリビングを旋回して、いずみさんの肩に留まります。

「まあこうなるよね。最後はわたしの肩に留まるよう、訓練してるわけだし」

いずみさんが言って、肩のギンコにエサをあげました。

「くっ……この役立《やくた》たずどもめ！　虫けら一匹駆除できぬとは！」

ちずさんが、組織のボスっぽく口走ったときでした。

「あ、ちずちゃんの足下に」

「ひいっ！　いけ、ギンコ！　王を守れ！」

ギンコは「ふるっふ？」と鳴きましたが、飛び立とうとはしていません。

そうこうする間に、またもクモはどこかへ消えました。

「ちずちゃん、無理だよ。ギンちゃんは虫なんて食べたことないもん。ハトのエサの主成分って、トウモロコシだよ」

「ほーほろほし」

いまギンコ、しゃべったように聞こえたんですが。

「……もういい。クモがいなくなるまで、私は部屋から出ない」

ちずさんは悲しげに言い、けれどいったんキッチンに行ってスナック菓子とバナナを持ってきてから、部屋にこもりました。

「あーあ。イチゴ大福買ってもらえると思ったのに……あ、そうだ」

今度はいずみさんが、なにか思いついたようです。

しばらく三脚をいじったり、スマホを持ってうろうろしてから、ちずさんの部屋をノックしました。

「ちずちゃん、ちずちゃん。どうにかクモに勝ったよ」

「信じない。死体を見るまで信じない」

ドアの向こうで、恨みがましい一句が詠まれます。

「殺してないよ。捕まえて、ドアの外に追いだしただけ」

「そういうことにしただけでしょ。イチゴ大福がほしいから」

ちずさんが鋭く指摘すると、いずみさんはにやりと笑いました。

「そうくると思って、証拠があるんだよ。ほら」

ドアの隙間から、いずみさんがスマホを差し入れます。

「……ほんとだ。いずみがクモを追いだすまでの、ドタバタ活劇が映ってる」

「というわけで、我が家はもう安全だよ。部屋から出ておいで」

こうしてめでたく、ちずさんは天岩戸《あまのいわと》から出てきてくれました。

「こういうとき、いずみと暮らしててよかったと思うよ」

ちずさんが微笑むと、いずみさんもまた笑顔になりました。

「じゃ、早速イチゴ大福を買ってもらおうかな」

ふたりとも、上機嫌で出かけていきます。

誰もいなくなったリビングを、ギンコがおろおろと歩いていました。

どうやらちずさんが、ケージに戻し忘れたみたいですね。

ギンコはしばらくの間、寝ているハム吉を眺めたり、床のラグをつついたりしていましたが、「ほっほう？」と、なにかに気づいて出窓まで飛んできました。

豆苗の目の前。ギンコの赤い目が見つめているのは、いずみさんが捕まえたはずのクモです。

当たり前ですが、いずみさんもマジシャンなわけで。

小さななにかをクモに見立てて、それを玄関から放りだす。

そんな場面を絶妙な角度で撮影して、ちずさんを安心させる。

そのくらいのテクニックと演技力は、持っているわけです。

まあそのうちばれると思いますが、いずみさんはどう乗り切るんでしょう——。

などと、豆苗が勝手に心配していたときでした。

クモがぴょんぴょんと移動して、豆苗の葉に飛びついてきます。

同時に、赤い目をした鳥の顔が眼前に迫ってきました。

——あっ。

「ただいま、まじろう。イチゴ大福買ってきたからお茶入れて」

花森姉妹が、ご機嫌な様子で帰ってきました。

『すまぬ。よくわからぬ』

いずみさんの無茶な注文を、アルマジロのぬいぐるみがスルーします。

「あ。ギンコ戻すの忘れてた」

ちずさんが、ギンコを連れて玄関へ行きました。

いずみさんはきっと、クモがまだ部屋のどこかにいると思っているでしょう。

ちずさんはたぶん、いずみさんがクモを追いだしたと信じているはずです。

ですが実際のクモはギンコに食べられたことを、豆苗が目撃しました。

きっと例の思考実験でも、毛布の中に猫がいるかいないかは、人間が観測する前に決まっているのでしょうね。

だって、「毛布」そのものが見ていますから。

#18　妖怪お得感おばけ

昼間にたっぷり陽射しを浴びたので、豆苗は夜も元気です。

ぬいぐるみのまじろうも、虫干しされて気持ちよさそうですね。

ハムスターのハム吉《きち》は、そろそろ起きてくる頃でしょうか。

逆にハトのギンコは、丸くなって眠っているかもしれません。

そんな夜の花森《はなもり》家、リビングの様子がいつもとちょっと違っています。


「あっ」

座椅子でゆらゆらしていたいずみさんが、なにかをひらめきました。

「どうしたの、いずみ」

見ているノートパソコンから顔を上げず、ちずさんが尋ねます。

「『神さま』と『カニかま』で、韻踏める」

「それきっと、思いついても使わないやつだよ」

ラップバトルの場が、ほっこりしちゃいますからね。

「あれ」

またいずみさんが、なにか思いつきました。

「今度はなに」

ちずさんは顔を上げず、されど律儀《りちぎ》に尋ねます。

「ねえ、ちずちゃん。部屋にもの増えてない？」

言われてみれば、リビングのあちこちに見慣れぬものがありました。

鮭《さけ》をくわえた、木彫りのハリネズミ。

招き猫のポーズをした、ミナミコアリクイの置きもの。

いろんな種類のペンギンが連《つら》なった、天井まで伸びたトーテムポール。

それほど広くない部屋なので、さすがに圧迫感を覚えますね。

「ネットでお得に買ったんだよ。いずみ、動物好きでしょ」

「好きだけど、みんな体積大きすぎない？」

「でも安かったよ。なんと、ひとつ五百円。これ買わないのは損」

「安いから買うって、わたしじゃないんだから……」

いずみさんは主に見切り品の食材で、姉妹の胃袋を支えています。

「というか、ちずちゃん。リビングに置くものは、ふたりで決めるルールだよ」

「いずみのために私が買ったんだから、問題ないでしょ」

ちずさんは、まるで気にも留めていません。

「ダウト！　ちずちゃんはわたしをだしにして、安く買うのが好きなだけ。豆苗を育て始めた辺りから、ちずちゃんは『お得感』に取《と》り憑《つ》かれてるよ」

思わぬもらい事故に、豆苗はちょっぴりへこみました。

再収穫できる野菜ということだけが、豆苗のアイデンティティですから。

「別に取り憑かれてない。豆苗はおいしいでしょ」

ちずさんが、むっとしつつもフォローしてくれます。

「おいしいよ。わたしも好きだよ。かわいいし」

ああ……豆苗は、味と見た目にも自信を持っていいんですね。

「でもちずちゃん。ここのところ『有馬《ありま》姉妹』のSNSアカウントで、お買い得情報のリツイートしかしてないでしょ。あれってどうなの」

「いずみは中身がおばあちゃんだから、理解できないだけでしょ。いまの若い人はみんな、クーポン使ったりポイ活したりして、賢く生きてるんだよ」

個人のアカウントであれば、どんどんやっていいと豆苗は思います。

でもさすがに「有馬姉妹」では、ファンの人たちが混乱しますよね。

「くっ……！」

いずみさんは言い返せず、ぐぬぬと悔しがりました。

「とにかく、勝手にものを増やさないで！　あのでっかい動物たちは、近いうち里子《さとご》に出すからね。ミニマリズムと断捨離《だんしゃり》だって、若者らしい暮らしでしょ」

いずみさんの正論に、ちずさんが鼻を鳴らしてつぶやきます。

「誰かにあげるくらいなら売るよ。いまは売るのも、お得にできるからね」

そんなこんなで数日後。

座椅子で揺れていたいずみさんが、ふっと気づきました。

「ねえ、ちずちゃん。なんか、部屋のもの減ってない？」

言われてみれば、謎の動物アイテムたちが消えていました。どころか出窓のレギュラーメンバーだった、出しっぱなしのクリスマスツリー先輩までいなくなっています。

おまけにハム吉のケージの上に飾られていたお父さんの写真も、額縁がなくなって壁に直接ピン留めされていました。

「ネットでお得に売ったんだよ。どれもいい値段だった」

ちずさんがパソコンを見つめながら、にやりと笑いました。

「なんで勝手に売っちゃうの！　ふたりのリビングなのに！」

いずみさんが信じられないという顔で、ちずさんを糾弾《きゅうだん》します。

「ものを増やすならともかく、減らすのに許可は必要ないでしょ。一応は、ぜんぶ私が買ったものだし」

「それは……そうだけど……」

「次は、まじろうかな。この子も私がゲーセンで取ったやつだしね」

『それがしには、個人情報が多数登録されておるぞ』

しれっと、まじろうが会話に加わりました。

「ふむ。初期化作業はちょっと面倒か……ほかに売るものは……」

ちずさんが、部屋の中を見回します。

「やっぱりちずちゃんは、『妖怪お得感おばけ』に取り憑かれてるよ！」

いずみさんが、必死に訴えました。

「『妖怪』と『おばけ』。この場合、どっちかひとつでいい。片っぽは売ろう」

「目を覚まして、ちずちゃん！　お父さんが、あんな風でいいの？」

いずみさんが、壁の写真を指さしました。

お父さんはハム吉が起こす滑車の風で、ぱたぱたとなびいています。

このままでは、いずれどこかに飛んでいってしまうでしょう。

「……たしかに、ちょっとやりすぎたかも」

ようやくちずさんが、目を覚ましてくれたようです。

「じゃあいまから、写真用の額を買いにいこうよ。無駄に立派なやつ」

ちずさんは一瞬眉をひそめましたが、すぐに「そうだね」と微笑みました。


買いものに出かけたふたりは、小一時間ほどで戻ってきました。

「どう、ちずちゃん。わたしのチョイス」

いずみさんがお父さんの写真を額装して、誇らしげに振り返ります。

「買う前からわかってたけど、派手すぎて視界の邪魔」

黄金のシダ植物で囲われたお父さんは、たしかに居心地が悪そうですね。

「わかってたなら、なんで止めてくれないの……」

「だって私は、お得感おばけに取り憑かれてるし」

とそこで、ぴんぽーんとインターホンが鳴りました。

ちずさんが応対して、ダンボールを抱えて戻ってきます。

「なに、ちずちゃん。またネットで買ったの？」

「取り憑かれ初期に買ったのが、いま届いたみたい。返品しようか」

「ちなみに、ものは？」

「ホットプレート。送料こみで千九百八十円」

ダンボールを開けると、商品画像がプリントされた外箱が見えました。

「えっ。これで千九百八十円なら、めちゃめちゃ安くない？」

いずみさんは、驚きに目を見開いています。

外箱には、「平形・波形2WAYプレート」なんて書かれていました。

これが「たこ焼き器」並みのお値段なのは、けっこうすごいですよ。

「まあお得ではあるけど、邪魔だし必要ないでしょ」

「焼き肉！　お好み焼き！　餃子《ぎょうざ》パーティー！」

いずみさんが目を輝かせました。

作るだけならフライパンでもできますが、おしゃべりしながらみんなで焼くのは楽しいですもんね。

「家で焼くと、匂いがこもるよ」

「明日はお休みだから大丈夫！　わたし、いまから野菜切るね」

なにが大丈夫なのかわかりませんが、いずみさんはうきうきしています。

かくして夕食は、ホットプレート焼き肉になりました。

もちろんそれ用の肉が常備されているはずもなく、主役は豚バラや牛コマです。

でも——。

「焼きたてを塩で食べれば、なんだってうまい。コスパもいい」

「焼き肉のタレ使えば、なんだっておいしい。味変も楽しい」

姉妹それぞれ、自宅焼き肉のよさを見つけて大満足です。

「わたし思ったんだけど、やっぱりちずちゃんは買いもの上手だよ。お得感おばけに取り憑かれてると、変なもの買っちゃうけど」

「あの動物たちは、いずみのセンスにあわせたんだよ」

たしかに、シダ植物の額と似たテイストがありましたね。

「そうかも……じゃあちずちゃん、ネットでいい感じの額縁を買って」

お得感おばけは怖いですが、おしゃれなセンスも大事です。

お父さん、次は落ち着けそうでよかったですね。

#19　ちず先生の結婚論とオムライス論

今日は姉妹が、ふたりともお休みの日。

昨晩映画で夜更かししたちずさんが、お昼前に自室から出てきました。

「おはよう、いずみ」

ちずさんがリビングで朝の挨拶をすると、

「おはよう、ちずちゃん」

ぱくぱくとなにか食べながら、いずみさんが返しました。

「朝ごはん？　いずみ、なに食べてるの」

「空気」

「は？」

ちずさんの寝ぼけまなこが、かっと開かれました。

「やー、起きたら部屋中に、焼き肉の匂いがこもっててさ」

「そうだね。いまもぷんぷんしてる」

「だからその匂いで、ごはんが食べられないかと思って」

「……そう。おいしい？」

ちずさんはあきれつつも、会話を続ける優しさがありました。

「まあまあ」

まあまあなら、よかったですね。

花森《はなもり》姉妹の休日は、いつもこんな風にのほほんと始まります。

なのでちずさんがスマホをいじり始めたときも、いずみさんは本当になんの気なしに聞いたのでした。

「ちずちゃん、なに見てるの」

「マッチングアプリ」

「へー」

相づちを返し、空気をおかずにごはんを食べ終えたいずみさん。

キッチンでお茶碗を軽くゆすいで、食洗機に入れて、うんとのびをします。

「さて。わたしはなににしよう……マッチングアプリ⁉」

ようやくいずみさんが、あごがはずれんばかりのリアクションをしました。

「こんなに間が空くノリツッコミ初めてだよ」

ちずさんが、ふんすっと吹きだしました。

「笑いごとじゃないよ！　ちずちゃん、なんでっ？　結婚したくなったのっ？」

「別に」

「この前の営業で、披露宴の余興に呼ばれたから？　たしかに新婦さんのドレス素敵だったけど、ちずちゃんより十も年下だよ」

「いずみ。置いていかれまいと必死だけど、私は結婚したいわけじゃないよ」

あとドレスは自分にあうものを選ぶよと、ちずさんは冷静です。

「じゃあなんで、マッチングアプリ？」

「アプリ自体に興味があったんだよ。会社関係でやってる人が多いから、どんなもんなのかなって」

ちずさんは不動産会社で、パート社員として働いています。

既婚者が多いスーパー勤務のいずみさんとは、少し環境が違いますね。

「そんな軽い気持ちで始めて、結婚したくなったらどうするの」

「なったらなったで、別にいいと思うけど。独身なんだし」

そりゃあそうだけどと、いずみさんが口をとがらせます。

「いずみもやってみたら？　みんな宣材写真みたいなの撮っててすごいよ」

ほらと、ちずさんが画面を見せました。

ずらりと並んだ男性の画像は、誰もがまばゆい高画質です。

「ほんとだ。みんなモデルさんみたいだね」

「撮りかたとか研究してるんだろうね。全員イケメンに見える」

「なんかますます、結婚へのハードルが上がった」

本気の人を見ると腰が引けちゃうのは、どんなジャンルでもよくある話です。

「それはいずみが、もとから結婚したいと思ってないからだよ」

「だって恋をする前に、結婚だけしたくなったりする？」

「いずみの考えかたは、平成恋愛型だね」

「う、うん。いずみちゃんは『平成恋愛型』だねって、よくほめられる」

「出た、いずみのわかったふり。こんなこともあろうかと」

ちずさんがテーブルの下から、なにかをごそごそと出しました。

「なんでフリップ用意してあるの」

「平成は出会いが多かった時代。ドラマも恋愛がメイン。だから『好きな人と結婚する』という、『ほにゃらら』がはびこった」

「えーと、『白馬の王子さま思考』とか？」

「正解はこちらです」

ちずさんがフリップをめくります。

「『悪《あ》しき風潮』って、なんで」

「好きな人が、いい夫になるとは限らないでしょ。実際に平成後期に入るとSNSなんかで、『結婚してから発覚した夫の非常識』がバズり始めた」

「言われてみれば、そんな気もするかも」

「恋愛結婚なんて、うまくいくのが奇跡なんだよ。それを踏まえて」

ちずさんが、二枚目のフリップを用意しました。

「『好きな人でも結婚はよく考えて』。そういう選択をする人が増えた結果、令和の結婚意識は『ほにゃらら』に変わりました」

「わかった！『結婚する意味なんてない』！」

「そういう人もいるけど、正解は」

ちずさんがフリップをめくります。

「『結婚してから好きになる』かあ。これもドラマっぽいね」

「『恋は盲目』。それこそシェイクスピアの時代から、好きな人との結婚を夢見ることへの危険に警鐘《けいしょう》は鳴らされていた。それでは最後の問題」

ちずさんが新しいフリップを用意しました。

「現代ではマッチングアプリを使って、自分にとっての『非常識』をあらかじめ取り除いておく。そうして出会った『自分と結婚できそうな人』のことは、当たり前だけど好きになりやすい。だから昨今の結婚観は、『令和ほにゃらら型』」

「はい、先生！『令和コスパ型』！」

「正解。よく『恋愛はコスパが悪い』って言う人がいるけど、その意味が本当に理解できているかは甚《はなは》だ疑問だね」

デート代がかかる、というような話ではないんでしょうか。

「どういう意味ですか、先生」

「『結婚してから発覚した夫の非常識』になるリスクを含んでいるから、恋愛はコスパが悪い。人が結婚に求めているのは末永い自分の幸せ。みんな先を見据えているからこその、晩婚化とマッチングアプリなんだよ。以上、私の持論」

「それは、ええと、時間を無駄にしたくないってこと？」

「『ゴールイン』って言葉は、ずいぶん前に死語になったってこと」

自分の幸せを考えたら、そこで終わりにはなりませんよね。

「でも先生。恋愛のゴールでないなら、人はなぜ結婚したがるんですか」

いずみさんが、最初の質問に立ち返りました。

「家庭が欲しくなったとき、だろうね。家庭に求めるものは個人差があるかな」

その求めるものがまさに価値観で、ともすればリスクなんでしょうね。

「そういえば、叔母さんのお見あいの話。どうなったんだろう」

何代か前の豆苗から、第二の父親こと「叔母さん」の話は聞いています。

たしか社長の息子さんを、紹介されそうなんですよね。

「本人が家庭を欲してないんでしょ。独身だって会社は継げるし」

「じゃあちずちゃんも、家庭を欲しがってないわけだ」

「私はすでに、あるからね」

ちずさんが、スマホをテーブルに置きました。

マッチングアプリに飽きたというか、目下の好奇心は満たせたみたいですね。

「ちずちゃん、朝ごはんは？」

ふふと笑い、いずみさんは機嫌がよさそうです。

「食べようかな。空気以外のおかずで」

「ちずちゃんの好きなオムライス、作ってあげようか」

「いいね。でもそれなら、自分で作るよ」

いずみさんが「えっ」と驚き、悲しそうに眉を下げました。

「これも私の持論。オムライスに限っては、素人が作ったほうがおいしい」

「あー。別にわたしもプロじゃないけど、わかるかも」

プロが作った美しく整えられたオムライスよりも、素人が作った分厚い卵のこってりケチャップ味が恋しい。そんなときも、ありますよね。

かくしてちずさんがキッチンに立ち、二人前のオムライスを作りました。

すでに空気ごはんを食べていたいずみさんですが、なんのためらいもなくちずさんのオムライスを口へ運びます。

「ちずちゃんこれ、たまに鶏肉《とりにく》がでっかくておいしい！」

「ほめられた気がしないけど、たしかに大きい鶏肉はうれしい」

「ケチャップで描かれたスペードがかわいい！　さすがマジシャン」

「ハートね。向きが逆にしても、下手でごめんね」

ちずさんは苦笑いしきりですが、味には自分でも満足したようです。

どうやら持論が、ふたつとも証明されたみたいですね。

#20　ノーギュニック・ノーライス

ちずさんもいずみさんも、よくハム吉《きち》の匂いを嗅いでいます。

ハム吉はちょっと迷惑そうな顔をしますが、逃げたりはしません。

たぶん「持ちつ持たれつ」の関係を、ハムスターも理解しているのでしょう。

花森《はなもり》姉妹もその辺りは、ほどよく「なあなあ」なようです。


「マグカップの持ち手が取れてる……ちずちゃん気に入ってたのに……」

豆苗の視界の左端、キッチンでいずみさんがしょんぼりと言いました。食洗機の水の勢いが強すぎると、食器同士がぶつかってしまうみたいですね。

ところでこの、「ノーミュージック・ノーライフ」とロゴが入ったカップ。豆苗の記憶では、ちずさんの誕生日にいずみさんが贈ったものです。

「でも持ち手が壊れただけなら、瞬間接着剤でくっつくかも。接着剤、ちずちゃんの工具箱の中にあったよね」

しかし今夜は残業なのか、ちずさんはまだ帰っていません。

「暗黙の了解で勝手に入らないけど、絶対だめってわけじゃないし……」

いずみさんが、「CHIZU」とプレートがかかったドアに目を向けました。

そうしてしばらく逡巡《しゅんじゅん》して、自分に言い聞かせるようにつぶやきます。

「工具箱以外は見ない。工具箱以外は見ない……よし」

覚悟を決め、いずみさんがちずさんの私室へ入っていきました。

「あっ」

角度的に豆苗から室内は見えませんが、小さく叫ぶ声が聞こえてきます。

「見てはいけないものを見てしまった……」

接着剤を片手に部屋から出てきたいずみさん、顔が青ざめていますね。

「とりあえず、早く修理しよう……ああっ、人差し指と親指がくっついた！　このまじゃ、一生『オッケー』しかできない！」

この状況で、悩むのそこなんですね。

などと豆苗がほのぼのしていると、玄関でハトのギンコが鳴きました。

「まずい。ちずちゃんが帰ってきた。接着剤を借りたのがわかったら、あれを見たことがばれちゃう！」

そんな背景はつゆ知らず、ちずさんがリビングに入ってきます。

「ただいま……」

今日のちずさん、忙しかったのかスーツ姿がぼろっとしていますね。

「お、おかえり、ちずちゃん」

「いずみ、なにそのオーケーサイン。お金貸してってこと？」

あからさまにあやしむ目で、いずみさんを見るちずさん。

「ち、違うよ。これは……その、先にお風呂入っていいよって意味」

接着剤を借りたことは、隠し通すつもりみたいです。

「ごはん食べてからでいいよ。夕飯なに？」

「えっと……オッケー、牧場……牛……そう、牛丼！　作っておくから、お風呂入ってきちゃいなよ」

ちずさんは不審がりつつも、「それなら」とお風呂場へ向かいました。

「いまのうち！」

いずみさん、必死にくっついた指をはがそうと試みます。

「皮が！　指紋が！」

無理に取ろうとすると痛いようで、指は変わらず、「オーケー」のまま。

そうこうする間に、ちずさんがお風呂から出てきました。

「まだ夕飯の支度してないの？　いずみ、もしかして体調悪い？」

「そ、そんなことないよ」

泣きそうな顔で、オーケーサインを見せるいずみさん。

「じゃあ先に、お風呂上がりのアイス食べようかな。いずみのハーゲンダッツもらってい？　オーケー？　ありがとう」

ちずさんが鼻歌交じりで、冷蔵庫へ向かいます。

いずみさんは涙目で、季節限定フレーバーを見つめています。

「さてと。アイス食べながら、映画でも見ようかな。いずみ、いまから音を出してホラー映画見ていい？　オーケー？　ありがとう」

ちずさんがテレビのリモコンを操作すると、「だだん！　ふぅーん」という大きな音とともに、画面に動画配信サイトのロゴが表示されます。

「もうその音だけで怖い……ちずちゃん、謝るから許して……」

いずみさん、とうとう音《ね》を上げてすべてを白状しました。

「なるほど。私の部屋で『誕生日プレゼント』を見つけちゃったから、指が接着剤でくっついたことを言い出せなかったと」

いずみさんの指に除光液を塗りながら、ちずさんは笑っていました。

見てはいけないものって、誕生日のプレゼントだったんですね。

「ごめん、ちずちゃん。勝手に部屋に入って……」

「まあ今回はいいよ。いずみはマグカップを直そうとしてくれたわけだし、オーケーコントも面白かったし」

カップが壊れたのも、いずみさんのせいではないですしね。

「でもプレゼント見つけちゃって、サプライズが台無しに……」

「サプライズなんて考えてないよ。私のカップのときも、いずみは買ってきて箱から出して一回洗ってた。オープンにオープンしてた」

「だって、現品限りのやつだったから」

豆苗だったらサプライズより、その気づかいをうれしく思います。

「そんなに気にするなら、今日あげちゃえば問題解決でしょ。前夜祭的に」

ちずさんが自分の部屋へ戻って、長方形の包みを持ってきました。

「はい、いずみ。明日の誕生日おめでとう」

「えっ……ありがとう！」

驚きながらも、即座にプレゼントを開けるいずみさん。

「あっ、わたしが欲しかった『石焼きビビンバ食べるときの長いスプーン』！」

箱の形状から腕時計かと思ったんですが、まさかスプーンだとは。

「喜んでくれてなにより。ちなみに、さっき私が食べたアイスと同じ値段」

「そこはオープンにしないでよ……」

まあお値段こそお安めですが、ふたり暮らしで雑貨を贈りあうのはいいですね。

プレゼントしたほうも、使われているのを見たらうれしいと思います。

「で、いずみ。牛丼は？」

「忘れてた。もらったスプーンも使えるし、すぐ作るね……あっ」

上機嫌でキッチンに向かったいずみさん、またもや顔を青ざめさせました。

「いずみ、今度はどうしたの」

「牛肉がない。ごはんも炊いてない」

しかしちずさんは怒らず、したり顔でマグカップを掲げます。

「ノーギューニック・ノーライス」

これがウケたことに気をよくし、夕食はちずさんがパスタを茹《ゆ》でました。

「結局スプーン使えなかったけど、納豆スパゲティおいしい」

散々だったいずみさんですが、最後は満足のいく誕生前夜祭だったようです。

#21　すき焼きやる気うどん

窓の外には、ひゅるひゅると木枯らしが吹いていました。

肌寒《はださむ》くもありますが、秋の味覚がおいしい時期ですね。

コンビニなどにも、栗《くり》やかぼちゃを使ったスイーツが並んでいるようです。

ですが花森《はなもり》姉妹の場合、秋と言えばハンバーガーみたいですよ。


「月見バーガーって、もう秋の季語みたいなもんだよね」

いずみさんが大口を開けて、目玉焼きの入ったバーガーに食らいつきました。

近ごろは最初に始めたチェーン店以外でも、メニューに「月見」の文字が見受けられます。

「そもそも『月見』自体が、秋の季語なんじゃないの――ぬあっ」

シンプルなハンバーガーを食べていたちずさんが、いきなり奇声を上げました。

「どしたの、ちずちゃん。ピクルス増量されてなかった？」

「されてる。でも気づいた。いずみはピクルス抜きで頼むでしょ」

「チーズバーガー食べるときはね」

「私はむしろ、ピクルスを食べるためにハンバーガーを頼む。ピクルス増量で」

増量サービスはここ十年のことなので、知らない人もいるかもですね。

「ちなみに増量って、どのくらい増えるの」

「ピクルス一枚」

「じゃあわたしが抜いたぶんが、ちずちゃんのところにいくだけなんだ」

「そう。だったら家でやれば、店員さんの手間が省《はぶ》けるといま気づいた」

そんな小さな大発見を聞き、いずみさんがあっはっはと笑います。

「ちずちゃんらしからぬ、間の抜けた話だね」

「『冷やし中華終わりました』」

ちずさんが、少々むっとしながら言いました。

「なにそれ」

「秋の季語大喜利《おおぎり》の続き。私のほうが、いずみの解答より面白い」

「それはどっこいだと思うけど。じゃあわたしは――」

どうやらふたりとも、秋の夜長にひまを持てあましているみたいです。

そこへ折よく、ちずさんのスマホにメールが届きました。

「有馬《ありま》姉妹のアドレスにきてる」

「じゃあお仕事？　わたしまた、幼稚園の営業やりたいなー」

「……一応は仕事だけど……うん。営業でもないし、ギャラも出ないね」

ちずさんがスマホを操作し、ふむふむとうなずいています。

「あら。どんな内容」

慣れているのか、いずみさんは落胆した様子もありません。

「夏に四季《しき》亭悪津《ていわるつ》師匠の口利きで、寄席《よせ》に出させてもらったでしょ」

「うん。お父さんの友だちの悪津師匠、名前に反して優しい人だったよね。落語家さんたちに交じってやるのも、楽しかったな」

「すごく勉強させてもらったよ。あのときにお世話してくれた、悪津師匠のお弟子《でし》さん覚えてる？　名前は誕子《たんご》さん」

ワルツにタンゴときたら、サンバさんもいそうですね。

もしかしたら江戸時代の滑稽本《こっけいぼん》作家、式亭三馬《しきていさんば》が源流でしょうか。

「覚えてる覚えてる。誕子さん、めちゃくちゃ美人だった」

「あのときは前座だったけど、誕子さん、最近二つ目になったんだって」

「おめでたい！　遅ればせだけど、お祝い贈らないと」

こういう反応、すごくいずみさんっぽいです。

「で、落語家さんは二つ目になると、寄席の準備とかの仕事がなくなって、自分の活動ができるようになるんだって」

「自分の活動？」

「ＳＮＳやったり、動画配信したり。それで誕子さんが、自分のＹｏｕＴｕｂｅチャンネルにゲストで出てくれないかって」

「ゲスト」

「マジックは挨拶程度で、対談がメイン」

「対談」

いずみさん、さっきからおうむ返しですね。

「いままでは女性の落語家さんとか、講談師さんを呼んでるみたい。ギャラは出ないけど、こっちがチャンネル作ったらコラボしてくれるって」

「コラボ……なんか日常にない言葉だらけで、頭が混乱してきた……」

「気持ちはわかる……」

珍しく、ちずさんも弱腰ですね。

「というか、対談なんて無理だよ。芸人さんみたいに面白いこと言えないし」

「いずみ、私たち芸人だよ。しかも人を笑わせるコメディマジシャンだよ」

「でも話芸《わげい》じゃないし」

「そこは期待されてないよ。普段はマジックバーに出てますとか、女性なりの苦労とか、興味の入り口になる話をすればいいみたい」

ちずさんはいつの間にか、ノートパソコンで動画を再生していました。

「こうやって、知ってもらう、見つけてもらうのって、すごく大事だよね。それはわかってるけど、ネットで目立つとデメリットもありそうで……」

いずみさんが眉を下げて、力なく笑っています。

ふたりは芸人さんですから、野次《やじ》を飛ばされたこともあるでしょう。

でも普段のお客さんは、少なくともマジックに興味を持っている人たちです。違う畑に行ったなら、普段の常識は通用しません。

「とりあえず、いずみが気乗りしないなら断るよ」

「ちずちゃんは、どう思う?」

「いずみと同じ。出たほうがいいって、わかってるけどどね」

見た目も性格も似ていないのに、こういうところは姉妹ですね。

「よし。出よう、ちずちゃん」

いずみさんが、力強くうなずきました。

「本当に？　いずみは断ると思ったのに」

ちずさんが驚いて、パソコンから顔を上げます。

「デメリットのほうが大きかったら、ちずちゃんは断ってるよ。そうしないのは、初めてのことに勇気が出ないだけ。だったらわたしが、背中を押してあげる」

いずみさんが立ち上がり、ちずさんの背中をぽんとたたきました。

ちずさんはふっと笑って、返事の代わりにキーボードをたたきました。


そんなこんなで、数日後。

朝からすき焼きを食べて気あいを入れたふたりは、四季亭誕子さんの自宅へ撮影に向かいました。

そろそろ戻ってくる頃なので、心なしかハム吉《きち》もそわそわしていますね。

「ふるっふー！」

玄関のドアが開く音がして、まずはギンコが興奮気味に出迎えます。

「あー、疲れた……まじろう、ただいま……」

いずみさんが、へろへろとリビングに現れました。

『うむ。よく帰った。疲れたであろう。休め』

豆苗の隣でアルマジロのぬいぐるみが、いつもよりも優しく迎えます。

「ほんと疲れた……普段の営業の三倍は疲れた……」

ちずさんも、よろよろとリビングへ入ってきました。

「わたし、言いたいことぜんぜんしゃべれなかった」

「トークって難しいね。いずみはよくやってたよ」

初めてのことに挑戦したんですから、それだけで立派だと豆苗は思います。あとは編集で、面白くしてもらえることを祈りましょう。

「誕子さん、なんていうか上昇志向の人だったね」

いずみさんがラグに座って、ぐでんと足を投げだしました。

「でも押しつけがましくないから、男女問わず人気出そう」

ちずさんは自室でさっさと着替えて、すでにスウェット上下です。

「わかる。なんか衣装とか、いっぱいほめてくれたし」

「『主役感がある』とか、お世辞でもテンション上がったよ」

誕子さん、人を乗せるのがうまいかたなんでしょうね。これならトークも、姉妹のいいところを引きだしてもらえた気がします。

「誕子さんと話して、すごくがんばるぞーってやる気が出た。出たけど……」

いずみさんが、へへっと照れ笑いしました。

「帰ってきたら、のんびりしたくなった？　私はなった」

ちずさんが先んじて、本音を打ち明けます。

「うん。いま頭の八割は、すき焼きの残りにうどん入れて食べたいって考えてる」

ふたりとも、顔を見あわせ笑いました。

「今日の私たちはがんばった。明日は明日の人がやる」

そういうわけで、リビングにいつもの光景が戻ってきました。

「ああ……このくたくたのねぎ」

「このぐずぐずの焼き豆腐」

甘い割り下で食べるうどんは、疲れた体に染み入るようです。

「まれにある肉片」

「常にいるしらたき」

ふたりともちょっといい顔で、がんばった一日を終えたのでした。

#22　ひょうたんからポタージュ

『秋深き　隣は何を　する人ぞ』

ご存じ、松尾芭蕉《まつおばしょう》の句なのですけれど。

これを詠んだとき、芭蕉は体を壊していたそうですね。

人はさびしいと、隣室のドアをたたきたくなる生きものみたいです。

まあ花森《はなもり》家はにぎやかなので、豆苗が孤独を感じることはありませんけどね。

でもいずみさんは、ひとりぼっちが苦手みたいですよ。


「ちずちゃん、起きてる？」

夕方になってもちずさんがリビングに出てこないので、いずみさんはしびれを切らせて私室のドアをノックしました。

「別に寝てないよ」

ちずさんはすぐに部屋から出てきましたが、小脇にノートパソコンを抱え、手には化粧ポーチと鏡を持っています。

「あれ？　ネタ作りしてると思ったんだけど、お化粧してたの？　お出かけ？」

いずみさんが尋ねると、ちずさんは半端にうなずきました。

「出かけない。この間、誕子《たんご》さんと対談したでしょ。あのときに、さらっと言われたんだよね。『メイクとマジックは相性がよさそう』って」

「言ってたね。落語家さんはお化粧をほどほどにしないと、話が頭に入ってきにくくなるからって。方針はお師匠さんによるみたいだけど」

ハナを垂らした間抜けな男を演じる際に、美しい顔だと違和感がある。

そういう話だと思いますが、感じかたには個人差がありそうですね。

「逆にマジシャンの場合は、男性でもネイルの手入れをする」

「あれって、きれいにしておくと目立たないからだよね」

爪が割れていたりしたら、そこに目がいってしまいますしね。

「そう。そこで私は考えた。マジシャンは表情でお客さんの視線を誘導するけど、化粧でさらにそれを強化できるかもって」

人が人を観察する際、体が動いていなければ見るのは顔でしょう。

それが魅力的、あるいは特徴的であれば、視線を釘《くぎ》づけにできそうです。

「それで、動画見ながらお化粧の研究？　ちずちゃん真面目だなあ」

「というわけで、このメイクどう？」

ちずさんが定位置に腰を下ろし、上目づかいでいずみさんを見ました。

「どうって言われても……あっ」

いずみさんも座ったとたん、ぱりっとなにかが割れる音がします。

「どうだった、いずみ。いつもよりも、視線誘導された？」

ちずさんが、にやりと笑いました。

「わたしのお尻で、袋入りのおせんべい割らせないでよ」

豆苗はまったく気づきませんでしたが、いまのはちずさんの仕業《しわざ》みたいです。

「というか、ちずちゃんのお化粧。普段と変わらないよ」

いずみさんがむくれつつも、しっかり感想を伝えました。

「やっぱり一朝一夕《いっちょういっせき》にはいかないね。プチプラでは限界がある」

ちずさんがおせんべいの袋を開けて、ぱりぽりと食べ始めます。

「じゃあデパートまで買いにいく？」

「デパコスを買いにいくコスメがない」

「ちずちゃんが、わたしみたいなこと言い始めた」

「ちょっと疲れてるんだよ。最近がんばりすぎだったから」

ちずさんが、ぐでんと床に体を投げだしました。

「わかる。でもリピートの依頼もきてるし、そろそろ新ネタ増やさないと」

最終的にはふたりで調整しますが、構成やセリフなど、ネタの根幹部分はちずさんが台本を作っています。

新ネタのアイデアが出ず、現実逃避でメイクに没頭した可能性はありますね。

「無理。もうがんばれない。なんも出ない。才能ないし、コスメもない」

本当にお疲れなのか、ちずさんネガティブモードです。

いずみさんとしては、なんとかやる気を出してもらいたいところでしょう。

「ちずちゃんは、才能ありまくりだよ。たとえばそのパソコンのUSBメモリ、なんで赤丸のシール貼ってるの？」

「上下を間違えないためだよ。みんなやるでしょ」

「やらないよ。みんな『あれっ？　あれっ？』って、なんども抜き差ししてるよ」

いずみさんのそれ、豆苗も見たことがあります。

「ちずちゃんはコスパ重視っていうか、無駄をなくす合理性？　があるでしょ。そういうのって、わたしにはない才能だよ」

たしかにちずさんの作る台本は、テンポがいいと思います。

「いいや、私は無駄が多い。録画したのに、見ないで消す番組いっぱいある」

「それは判断力があるってことだよ。わたしなんてそもそも録画を忘れるし、どうせ見ないのに、もったいなくて消せないし」

現代人の「あとで見る」は、結果的に「興味ない」になりがちです。

とはいえ先の判断をあとから変えるのって、意外と難しいですよね。

「いいや、私に判断力なんてない。レジで会計するとき、いっつも『どっちの列が早く進むか』の賭けに負ける」

ちずさんはそういうの得意そうなので、ちょっと意外です。

「あれはねえ、従業員の負けん気の問題なんだよ」

これはスーパーで働く、いずみさんの得意分野でしょう。

「負けん気？　前に並んでる人の買いものの量とか、店員さんの名札に『研修中』がついてないかとか関係ないの？」

「ないよ。自分以外の列に並ばれたり、三人以上に並ばれたり、事務所のマジックミラー越しに店長の気配を感じたりしたら、みんなレジ打つのが速くなる」

久しぶりに、「個人の感想です」とフォローしておきます。

「よい知見を得た。ちなみに、いずみもそうなの？」

「わたしは常に本気だけど、遅い。だからいつも笑顔を浮かべて、『実は力を抜いてますよ？　まだ本気じゃありませんよ？』感を演出してる」

「努力の方向が間違ってる」

マジシャンとしては、正しいんですけどね。

「だから『あ、こいつこれから本気出すな』って判断したお客さんが、こっちの列に並んでくる。わたしはテンパって、いよいよ作業が遅くなる」

「誰も得してない」

「でもわたしが笑顔だから、お客さんも『まあいいか』って気持ちに……なってたらいいな……わたしから笑顔を取ったら、なにも残らないから……」

いずみさんは笑っていますが、自虐しすぎたメンタルが心配です。

「それは大丈夫。営業でも、いずみは子どもに大人気だし」

「じゃあ笑顔がわたしの才能、ってことにして。そしてちずちゃんにも、いっぱい才能がある。ごはん作ってくるから、それまでに元気出しておいてね」

いずみさんがキッチンへ向かうと、ちずさんがくすりと笑いました。

「身を削って励まされたんだから、私もがんばるしかないね。ここは基本に立ち返って考えよう。マジックの理想は、『ひょうたんからコマ』……」

ここでいう「コマ」は、回す「独楽《こま》」ではなく馬を表す「駒《こま》」です。

小さなひょうたんから大きな馬が出てくるような、絶対にありえないことが現実に起こる。それがマジックというわけですね。

「できたよー。ちずちゃん、このポタージュ、なにで作ったかわかる？」

いずみさんが運んできたのは、黄色いスープのお皿でした。

「ポタージュっていったら、普通はじゃがいもかコーンじゃないの」

答えてスープを口にしたちずさん、「えっ」と驚いています。

「これおいしい。なんかわからんものの、すごくコクがある」

「じゃーん。正解は、こちら」

いずみさんが持っているのは、まさに「ひょうたん」でした。

「これね、『バターナッツ』っていうんだよ。かぼちゃの一種でポタージュにするとおいしいって、店長さんからもらったの」

以前に「へべす」をくれた、おじいさんですね。

「知ってるようで、知らない味。かぼちゃ感が、ないけどある」

「ね。ひょうたんからこんなにおいしいポタージュができるなんて、料理ってなかなかにマジックだよね」

そこでちずさん、はっと顔を上げます。

「料理……いいかも。料理対決風にして、おもちゃの野菜を本物に変えるとか」

「スプーンじゃなくて、おたまを曲げてみるとか？」

「リンゴをウサちゃんカットしたら、ウサギになるとか」

「タコさんウィンナーを作ろうとしたら――」

「いずみ、それは泣く子が出る」

どうやら、とっかかりが見つかったみたいですね。

この演目もまた、小さな子どもたちに喜んでもらえそうです。

「でもちずちゃん、いいの？ あんなにお化粧の研究してたのに」

「料理にメイクは必要ないでしょ」

「判断が合理的」

ちずさんも、いつもの調子を取り戻したみたいです。

料理は魔法とは、よく言ったものですね。

#23　甘いも辛いも食べ姉妹

豆苗はオールシーズンおいしい野菜ですが、くだものには旬があります。

旬の終わりに食べることを、「食べ納め」なんて言いますよね。

それも昔は、「食い終《じま》い」という言いかたをしたんだとか。

そういえば、残りものを食べ切るときも「食べ終《しま》い」って言います。

暮れゆく秋の食べ姉妹は、なにを食べ終いするのでしょう。


「ちずちゃん、柿むいてあげようか」

リビングのローテーブルの左側。

指でくるくると柿を回しながら、いずみさんが言いました。

「そう言って、自分が食べたいだけでしょ。いずみ、昔からくだもの好きだね」

リビングのローテーブルの右側。

ちずさんは相変わらず、ノートパソコンでお得を探し求めています。

「だっておいしいし。ちずちゃんも好きでしょ」

「ケーキとかタルトのフルーツは好きだけど、単品で買うことは少ないかな。それこそひとり暮らしのときは、キウイとバナナくらいしか買ってないよ」

「えー、なんで」

「パイナップルなんかだと、丸々一個買っても食べ切れないし。というかだいたいのくだものは、ひとくち食べたら満足する」

そう考えると、食べ切れなくても長持ちする豆苗はお得な野菜です。

「わたしはくだものだったら、無限に食べられるけどなあ」

「私もビワは好きだから、二個はいけると思う。でも店で売ってるのは、だいたい六個入りとかだからね」

「ちょっとわかる。『コンビニのケーキ二個セット問題』だよね」

昔はそうでしたが、最近は一個が増えているみたいですよ。

「それこそ、夏にコンビニでキンキンに冷やしたビワを一個百五十円とかで売ってくれたら、私は週二で買うよ」

コスパ命のちずさんにここまで言わしめるとは、ビワもなかなかやりますね。

「でもふたり暮らしになってから、こうして気にせず買えるようになったね」

「柿五個は、ふたりでも多い」

「もうシーズンも終わりだから、食べ納めしたくて。冬柿は甘いよ」

いつの間にか、爪楊枝《つまようじ》を刺した柿がお皿に並んでいました。

「知ってる。おいしい。でも買いすぎ。おいしい」

ちずさんは文句を言いながら、ひとつ、ふたつと柿を食べています。

「もしもいまひとり暮らしだったら、どんな風に生きてたのかなあ」

いずみさんの他愛ない話に、ちずさんはシビアに答えます。

「マジックを続けるのは、かなりしんどいだろうね」

売れっ子なんてひと握り。専業の人はみんなカツカツ。花森《はなもり》姉妹のようにバイトをしながらというのが、芸に生きる人には多いようです。

「今年もひとり、ヒッキー・他店子《たてんこ》さんがショーパブに出るのやめたんだよね。他店子さんに次の勤め先を紹介したのって、ちずちゃん?」

「そう。横浜《よこはま》の占いゲイバー。あの店は変わったキャストが多いから、マジックも見てもらえる。ママもいい人だしね」

ちずさんには、ときどきこういう謎の人脈があります。

「よかった。他店子さん、人気出るといいね」

「他店子さんで思いだした。私の食べ終い、いずみも手伝ってよ」

立ち上がったちずさんが、キッチンからカップラーメンを持ってきました。

ラベルの画像に、真っ赤な唐辛子の粉末が山盛り状態で写っています。

「これ、激辛のやつ？　わたし、辛いの無理だよ」

食べるの大好きないずみさんが、顔をしかめています。

「他店子さんにあげようと思ってたんだけど、渡しそびれた。『辛辛王《からからおう》』は年が明けたら新バージョンが出るから、その前に食べ切りたい」

こういう商品にも、「旬」ってあるんですね。

「絶対無理だよ。そもそもわたし、激辛を食べる人の気持ちがわからないもん。なんでおいしいものを、わざわざ食べられなくするの？」

テレビ番組でも、芸能人が罰ゲーム的に食べさせられたりしていますね。

「あるとき、他店子さんとカレー屋さんに行ったんだよね。怖いもの見たさで『辛さ十倍』をひとくちもらったら、意外といけた」

「ちずちゃん、すごいね。わたし、中辛でもためらうよ」

なので花森家のカレーは、基本的に甘口みたいです。

「そのとき世に言う、『辛さの中に光るうまさ』を初めて体験したんだよ。激辛の中にこそ、真のおいしさがある。私はそれを『知ってしまった』」

ちずさんの表情が、なんだかうっとりしています。

「なんか……そう言われると悔しい。おいしいのを知らないのは損した気分」

いずみさんの食い意地に、火がつきました。

「辛さ耐性は鍛えられるよ。いずみもチャレンジしてみたら」

ちずさんが立ち上がり、キッチンでお湯を沸かし始めました。

そうしててきぱきとカップラーメンを作り、リビングに戻ってきます。

「うわ……無理だよこれ。スープ真っ赤だよ。湯気の時点で目にくる」

いずみさんが、ひいと顔をしかめました。

「唐辛子どっさりだからね。スープを飲み干したらサウナ並みに汗をかくし、私は毎回おなかも壊す」

「なんでそんなもの食べるの……」

いずみさんがあきれながらに問うと、ちずさんはふっと遠くを見ました。

そうしてたっぷり間を置いて、目を細めて語ります。

「『知った』、からかな」

「そんなに……おいしいの？」

いずみさんが、ごくりと喉を鳴らしました。

「いずみが食べないなら、私がもらうよ」

言って、ちゅるると麺をすするちずさん。

「……『見えた』」

引き続きスープを飲むと、今度は薄く笑ってつぶやきます。

「……『あった』」

およそ食レポでは使わないワードを並べると、日頃クールなちずさんが一心不乱に激辛ラーメンを食べ始めました。

「ちずちゃん、おいしい？」

「愚問《ぐもん》ッ！」

ちずさんの額には汗が浮いていますし、かすかに鼻水も出ています。

それを見ていたいずみさん、とうとう心が動きました。

「……わたしもちょっとだけ、挑戦してみようかな」

「唐辛子に含まれるカプサイシンには、脂肪燃焼効果がある。私がほとんど太らないのは、『辛辛王』のおかげかもしれない」

このダメ押しは、効きそうですね。

「それ早く言ってよ！」

いずみさんもいそいそと、激辛カップラーメンを作りました。

そうしておそるおそる、ちゅるるると麵をすすります。

「……痛っ！　なにこれ痛い！」

「残念。いずみは『選ばれなかった』か」

「痛い痛い！　秘密結社の幹部みたいなこと言ってないで、なんとかして！」

「私はやったことないけど、アイスクリームとか楽になるらしいよ」

いずみさんが冷蔵庫に走り、火を消すようにバニラアイスをかきこみます。

「辛いどころじゃないよ！　味なんてなにもわかんないし、まだジンジンする。食べもので痛いことってある？」

「その痛みは『代償』なんだよ。私にはそれ自体、『ごほうび』だけどね」

「ちずちゃんが、ストレートな変態になった」

「かもね。人に『SとMどっち？』って聞かれると、『それ聞いて話を広げられる人見たことない』って答えてたけど、私たぶんMだよ」

「その発言内容といい、こんな激辛をわたしに勧めることといい、ちずちゃん間違いなくSだよ。ドがつくやつ」

豆苗もそう思います。

「まあいずみに対してはね。ふたりとも同じ極だったら、磁石は反発するでしょ」

「その理屈だと、わたしMじゃなくてNだよ」

「珍しく、まともなツッコミ」

「ほんとだ。辛いもの食べると頭が冴えるのかな」

「少なくとも血行はよくなるね」

「頭がよくなるなら……もうちょっとだけ挑戦してみようかな」

豆苗は、いずみさんが心配です。

いえ、激辛による唇の痛みや腹痛ではなく――。

数日たって、いずみさんはようやく気づきました。

「ひどいよ、ちずちゃん！　辛い辛い言いながらアイス食べてたら太った！」

「頭はよくならないってことだね」

#24　毛布をもひーとつ

季節感を大事にする花森《はなもり》家のリビングに、とうとうこたつが登場しました。

天板の上には、かごに盛られたミカンも山盛りです。

毎年この時期になると、いずみさん宛てに送られてくるそうですよ。

「寒《さむ》」

スウェット上下に「着る毛布」を羽織ったちずさんが、ぼそりと言いました。

それを受け、もこもこのルームウェアを着たいずみさんが返します。

「ね」

部屋の中はそこまで冷えていませんが、冬は口数が減ってしまうようで。

「鍋」

「草」

「マ？」

「ピ」

なんだか高校生のライン会話みたいですが、実際は「鍋食べたい」、「ホウレン草があったはず」、「本当？」、「ピーマンだったかも」、でしょうね。

「この際ピーマンでもいいから、あったかい鍋を食べよう」

ちずさんが業を煮やしましたが、

「こたつから出られない。ちずちゃん作って」

いずみさんも動きません。

「料理はいつだって、いずみが作ったほうがおいしい。元プロなんだから」

それは初耳、でもないのですが、豆苗の中では不確定情報です。

そういえば、ふたりの過去ってあまり聞きませんね。

「ちずちゃんこそお得意のマジックで、ぱーっとやっちゃってよ」

いずみさんが、酔っ払いのように返しました。

「たまにいるね。そういうおじさん。『ねーちゃん、ハト出してよ』とか」

「おじさんはどうでもいいから、お鍋作ってよぅ」

いずみさんはよほど動きたくないようで、甘えた声で頼みます。

「シンプルに気持ち悪い」

「ひどい。たまには甘やかしてよ。わたしはいつも……なんでもない」

いずみさん、なぜか言《い》い淀《よど》みました。

するとなにかを察したのか、ちずさんが立ち上がります。

「……まあ、野菜を切るだけか」

「やったあ。ちずちゃん優しい」

甘えん坊の妹と、甘やかす姉。そんな風に見えますが、さっきのいずみさんはなにを言いかけたんでしょうか。

「この感じだと、水炊きかな」

冷蔵庫の野菜室を引きだして、ちずさんが中身を確認しています。

「いいね。あったまりそう」

やがてざくざくと、まな板の上で野菜を刻む音が聞こえてきました。

そうして十分もしないうちに、ちずさんが携帯コンロと土鍋を運んできます。

「おお。にんじんも入って、彩《いろど》りはいい感じだね。皮むいてないけど」

「採点お断り。じゃ、点火」

ちずさんが、着火用ライターでコンロに火を点けました。

「そういえば、うちって『フラッシュペーパー』あったっけ?」

いずみさんが、炎を眺めながら尋ねます。

フラッシュペーパーは、火を点けると跡形もなく燃えてしまう紙ですね。演出として派手なので、マジックでもよく使われるようです。

「ないよ。ピン時代はたまに使ってたけどね。あれでバラを作って燃やすと、バーではウケがよかったから。でもほかの営業先は、基本火気厳禁」

出演場所によって、マジックの種類も変わってくるんですね。

「そういう昔の話、いいね。今日は飲んじゃおっかな。ちずちゃんは？」

部屋があたたまってきたからか、いずみさんもこたつから出ました。

「『モヒート』飲みたい」

「でもうち、ミントの葉っぱなんてないよ。ライムもない」

モヒートは、ラム酒を使ったキューバ生まれのカクテルです。緑のライムとミントの葉っぱが鮮やかで、あの文豪ヘミングウェイも愛飲していたとか。

「豆苗とレモン。そこにラム、ガムシロ、炭酸水で、それっぽくなるはず」

思わぬタイミングで、豆苗の出番がやってきました。

「じゃあ、ちょっともらうね」

いずみさんが豆苗の葉を数枚摘《つ》んで、グラスの中でレモンと一緒に潰します。

はたして豆苗、上手にモヒートできるでしょうか。

「どう、ちずちゃん。おいしい？」

ごくりとひとくち飲んだちずさんが、いつもの無表情で口を開きます。

「缶のレモンサワーみたいな甘さの中、一瞬だけ脳裏を朝顔観察が横切る」

「わか……らないよ。青臭いってこと？」

「おしゃれ感と香りはないけど、悪くはないよ」

よかったと、豆苗は茎を撫で下ろしました。

人においしく食べてもらうのが、野菜の本分ですからね。

「じゃ、わたしも飲も。乾杯」

ふたりがグラスをあわせて、鍋をつつき始めます。

「ちずちゃん、大根多くない？」

「傷みそうだったし、いずみも好きでしょ。昆布のだしにもあうし」

「そういえば、コブサラダのコブってなに？　昆布？　ラクダ？」

「人だよ。人のコブ」

いずみさんは仰天していますが、コブさんが作ったサラダですからね。

そんな感じでお酒も進み、ちょっぴりですが愚痴も出てきました。

「ちずちゃんが言った『ハトおじさん』も困るけど、マニアな人もやだよねえ」

「いるね。マジックの種を見破るのが生きがいの人」

「ああいう人って、元マジシャンなのかな」

「プロは引退してもそんなことしないよ。世の中には、他人の趣味にとやかく言うのが趣味な人がいるんだよ。グルメ界隈《かいわい》とか特に」

ラーメンなんかは、マニアックな人が多い印象ありますね。

「いるいる。こっちが楽しく食事してるのに、知りたくないことを得意気に言ってくるおじさん。『これタピオカに見えるけど、実はイクラなんだぜ』とか」

「逆ね。イクラに見えるタピオカのお寿司ね。いずみの話しかただと、イクラ入りミルクティーになるから」

いずみさん、首をかしげています。

もしかして本当に、イクラミルクティーの話なんでしょうか。

「まあイクラに限らず、そういうの言ってくるのっておじさんが多いでしょ。私はいつも、おじさんの家族の気持ちを想像して泣きそうになるよ」

たとえば自分の親がネットで陰険に誰かを貶《おとし》めているのを知ったら、お子さんはかなり憂鬱《ゆううつ》でしょうね。

「でも最近はさあ、若い子でもいるんだよ」

いずみさん、それなりに愚痴がたまっているようです。

「『わたしO型だから～』みたいな話で盛り上がってたら、『それって科学的なソースあるんすか？　ないっすよね』って、バイトの男の子に鼻で笑われたもん」

「うっ……」

突然ちずさんが、胸を押さえてうめきました。

「あっ、これはちずちゃんにも効くやつだった」

論理で人をぼこすかすると、赤く腫れるのは翌日の自分の顔です。

「私はいずみ以外は論破しないから……たぶん外ではやってないから……」

そんな具合に冬の夜は更けていき、ふたりともけっこうな量を飲みました。

「ほんっっっとに、よかった！　姉妹仲がよくてよかった！」

いずみさん、けらけら笑って上機嫌です。

「まあ私たちの仲がいいのは、あのときのいずみのおかげだけどね」

ちずさんは逆に、ちょっと落ち着いたようです。

「え、わたし？　なんか言ったっけ？」

「思い出を語る前に、モヒートもひーとつ」

「ちずちゃん相変わらず、酔っ払うとダジャレ魔だねー」

いずみさんがけたけた笑い、モヒートのおかわりを作りました。

「あれは小学校低学年の頃。いずみが突然、言ったんだよ。『これからはお姉ちゃん呼びをやめて、お互いを名前で呼ぼう』って」

「ぜんっぜん、覚えてない。そんなこと、本当にあった？」

「あったから、いまもお互いを名前で呼んでる。たしかいずみが海外ドラマかなんかを見て、思い切り影響されたんだよ」

とたんに実感がわいたのか、いずみさんが頰を押さえます。

「記憶はないけど、すごくわたしっぽい……」

「あれがあったから、私たちは友だちみたいな姉妹になったんだよ」

「いいのかな。わたしたち、ビジネス姉妹なのに」

「いいんじゃないの。同じお父さんとお母さんから産まれた実の姉妹だけど、一応はビジネス要素もあるし」

「うん。マジシャンらしく、ひとつだけうそをつくのはいいアイデアだったね」

花森姉妹の暮らしには、種もしかけもないと豆苗は思っていました。

ですがここへきて、「うそ」という気になる言葉が出てきましたよ。

「あのさあ、ちずちゃん。わたしはいまが、人生で一番楽しいよ」

「いずみ、酔ってるね」

「酔ってるけど本当だよ。ちずちゃんと一緒にいるから楽しいんだよ」

「はいはい。それ飲んだらお風呂入ってね」

「えー、もっと飲もうよぅ」

「ふたりとも酔ったら、誰が片づけするの」

「ハム吉《きち》……ハム吉なら……きっとなんとかしてくれる……」

いきなり指名を受けて、ハム吉がケージの中でびくりとしています。

「いずみ、寝ちゃってない？」

「……寝てないよ……目を……閉じてるだけ……」

「それ寝るときのルーティンだよ。こたつで寝たら風邪ひくよ」

「大丈夫……ちずちゃんが……わたしをベッドまで運んでくれるから……」

ぱたりと倒れて、仰向けで寝てしまういずみさん。

ちずさんは「やれやれ」とつぶやいて、片づけを始めました。

やがて終わるといずみさんの背後に回り、よっと立たせようとします。

「重《おも》」

無理だと判断したちずさん、着る毛布を脱いでいずみさんの背中にかけました。

そして翌朝。

ちずさんが、寝ぼけ眼をこすりながらリビングに出てきます。

「おがおう、ぢずぢゃん」

こたつでテレビを見ていたいずみさんが、がらっがらの声で挨拶しました。

「うわ。いずみ、ひいちゃった？」

「ぢずぢゃん、毛布ぢっぢゃいよ。もひーどづほじがったよ」

「まさか朝まで熟睡するとは……ごめん。見誤ったお詫びに、おかゆ作るよ」

「あでぃがど。搾菜《ザーサイ》のぜてね」

食欲はあるようなので、いずみさんたいしたことなさそうですね。

さておき豆苗は、有馬《ありま》姉妹がついている「うそ」が気になります。

まあ花森姉妹のことですから、きっと人を楽しませるためのものでしょう。

それが明らかになる日が、いまから楽しみですね。

#25　ふたりがひとりだった頃　前編

背後の窓が、冷たく感じる十二月になりました。

部屋は十分あたたかいのですが、外は寒そうで身震いしてしまう豆苗です。

ハム吉《きち》はペット用のヒーターがあるので、いまもぬくぬくみたいですね。

ハトのギンコは寒さに強いらしく、元気にぽっぽろ鳴いています。

花森《はなもり》姉妹もエアコン、こたつに、着る毛布と、防寒対策はばっちりでした。

ただそれだけあっても、「ぬくもり」は足りないみたいです。


「あいたっ」

リビングのいずみさんが、こたつ脇にあったダンボールにつまずきました。

「ちずちゃん、これなんなの。すごい邪魔なんだけど」

こたつの中のちずさんが、閉じたノートパソコンを枕にしながら答えます。

「パソコン。この子が調子悪かったから、新しいの買った」

「じゃあ早く入れ替えてよ」

「新しいのを買ったとたん、調子悪いの直ったんだよね。こうやって顔をくっつけてると、暖房器具としてもそれなりに優秀だし」

移行作業って面倒なので、先延ばしにする言い訳を探しちゃいますよね。

「あったまりたいなら、ハム吉でも抱っこしなよ。ほら」

いずみさんが、ちずさんにハムスターを手渡しました。

「あったかい……ハムケツ……」

ちずさんに顔を押しつけられたハム吉は、目を閉じて神妙にしています。

「わたしも、ふわふわに触りたくなった。ちずちゃん、ハム吉を貸して」

「ふわふわなら、まじろうでも抱いてれば」

「だいぶ違うと思うけど」

それでも素直に、アルマジロのぬいぐるみを抱くいずみさん。

「おお……意外にも、ほどよいもこもこ感。まじろうも、なかなかやるね」

『かたじけない』

最近のバージョンアップで、まじろうの語彙《ごい》が増えたみたいですね。

もこもこで暖を取れたようで、いずみさんは夕食を作りました。

食後にはちずさんがココアを入れて、テレビで談笑タイムです。

「もうすぐクリスマスだねえ」

フライドチキンのＣＭを見て、いずみさんがしみじみ言いました。

「ということは、いずみと暮らしてほぼ一年」

ちずさんがぽつりと言って、豆苗も思いだします。

初代の豆苗は、春から出窓に居候《いそうろう》していました。

姉妹はその三ヶ月ほど前から、一緒に住み始めたらしいです。

「いま思えば、運命だったね。あそこで偶然、ちずちゃんと再会したの」

「それまでも、ちょいちょい会ってたけどね。お互いちゃんと帰省してたし」

「わたしは、ちずちゃんほどじゃないよ。四国《しこく》は遠いもん」

なにやら初めての話が多いので、ちょっと情報をまとめましょうか。

・過去のふたりは、それぞれ別の場所（いずみさんは四国）で暮らしていた。
・お互い実家には、ちょこちょこ帰省していた。
・それとは別のタイミングで、ふたりは偶然に運命の再会をした。

豆苗的には、最後の情報が特に気になります。

「そういえば、ちゃんと聞いたことないね。いずみの『パピヨン』時代の話」

「微妙に芸名いじられてる気がする」

「そこはお互いさまでしょ。で、どうだったの」

「話したことあるよね？ マジックして、バイトしてで、いまと同じだよ」

「でも、断ったんでしょ。プロポーズ」

豆苗、心臓的なものがどきりとしました。

「やっぱりちずちゃん、覚えてて聞いてるよね？」

いずみさんが、不審の眼差しをちずさんに向けます。

「細かいところは忘れちゃったし、すべらない話はなんど聞いても面白いし」

いずみさん、「それなら」とまんざらでもなさそうに語り始めました。

「高校を卒業したわたしは、料理の専門学校に入りました」

そういえばオムライスを作る際に、ちずさんはいずみさんのことを「プロ」と呼んでいましたね。

あのとき本人は否定しましたが、少なくとも素人ではなかったようです。

「卒業後はあちこちの飲食店でバイトをしながら、マジックの練習」

「そこは私も似たような感じかな。いずみは師匠がいたんだっけ？」

「特にいなかったけど、ベテランの人たちにかわいがってもらったよ。『いずみちゃん、羊羹《ようかん》食べるかい？』みたいな感じだけど」

「いずみ、子どもと老人たらしだからね」

いまの職場でも、店長さんからよく食べものをもらってますね。

「そういえばあの頃ときどき、マジックバーでちずちゃんと会ったね」

「顔も芸風も違うから、誰も姉妹と気づかなかったけどね」

いずみさんはアイドル風の衣装で、華やかに魅《み》せるステージマジック。

ちずさんはお客さんと向きあう、テーブルマジック専門だったとか。

「わたしがトシくんと会ったのも、その頃だったんじゃないかな」

「トシくん」

ちずさんの目が、きらーんと輝きました。

「わたしより年下だったから、そう呼んでただけだよ」

「トシくんってバーのお客さんで、愛媛《えひめ》の温泉旅館の跡取り息子だっけ」

「そう。東京の老舗《しにせ》で修業を終えたトシくんは、実家に戻ることになって――」

「『一緒に愛媛にこないか』って、いずみを誘った」

ちずさんは、ほぼ完璧に覚えているようです。

「もともとマジシャンを探してたんだって。家族連れを呼びこむためには、子どもが喜ぶなにかが欲しいって。もしマジックで思うようにお客さんがこなくても、わたしだったら調理場にも入れるしって」

トシさん、なかなか抜け目ないですね。

「でも愛媛なんて、いずみは迷わなかったの？」

「あんまり。だって前の年に、ちずちゃんが横浜《よこはま》に引っ越しちゃったから」

おっと、これも初情報です。

「もしかして、実家にいづらくなった？」

「そんなことないけど、わたしもがんばろうとは思ったよ。ちずちゃんはメインで活動してた都内から離れて、横浜で武者修行するんだしって」

「武者修行……まあそうだね。でもいまは、いずみの話」

「そんな感じで、旅館で働き始めたわけだけど。仕事は楽しかったよ。お昼から夕方まで料理の仕こみを手伝って、夜は宴会場でマジックやって」

「いいね。人間関係は？」

「同僚はみんないい人だったし、女将《おかみ》さん――トシくんのお母さんは、特にわたしを気に入ってくれて。毎日が楽しくて、あっという間に数年たった」

うんうんと、ちずさんが前のめりになります。

「その頃に女将さんがね、ちょっと足を捻挫《ねんざ》しちゃって。女将ってフットワークが大事だから、一時的にわたしが若女将をやることになって」

「プロポーズの伏線きた」

「マジックをやるひまはなくなったけど、お世話になってるし一時的だし。そう思ってとりあえず働いてた。そしたら……プロポーズされたんだよ」

「トシくんから！」

「女将さんから」

ちずさんが「たはー」と、うれしそうに自分のおでこをたたきました。

「うちは代々親族経営だから、若女将も身内がいいって。だからいずみちゃん、うちの息子と結婚してくれませんかって」

「それで、いずみはどう答えたの」

「トシくんは弟みたいな友だちだし、職場では上司だし。だから恋愛感情なんてまったくなかったんだけど……」

「お母さんにプロポーズされてから、急に意識しちゃった？」

いずみさんが、顔を両手で覆いました。

「そのとき初めて、『結婚』について考えたんだよ。それでわたしが本当にやりたいのは、マジックだって思い直した。でもこの職場は気に入ってるし……」

「揺れ動く乙女心」

「そうやって悩んでたら、トシくんに呼びだされたんだよね。『いずみちゃんに折り入って話が』って。それで会いにいったら……」

「トシくんが！」

「彼女を紹介してくれた」

ちずさんが、大げさにがくっとリアクションを取りました。

前もって知っているだけに、話の相づちが完璧です。

「その彼女、ライバルホテルの娘さんだったんだよ。だからトシくん、いままで両親に交際を言えなかったって」

「でもいまの女将さんは、捻挫もあって跡継ぎ探しを急いでる。いずみが女将をやめてくれれば、トシくんは話を切りだしやすい。そう打診されたわけだ」

女将さんからすれば、四の五の言ってられない状況ですもんね。

「そういうわけで、わたしは川崎《かわさき》に凱旋《がいせん》しました」

「若女将をやめて、マジシャン料理人に戻るのはだめだったの？」

いずみさんが再び、両手で顔を覆いました。

「トシくんに呼びだされて会う前に、わたしは真剣に悩んだんだよ」

「そりゃね。プロポーズだと思ってたわけだし」

「最終的には、こう断るつもりだった。『わたしがやりたいのは、マジックで人を楽しませること。だからごめんね、トシくん。お嫁さんにはなれません』って」

ふむとうなずき、ちずさんがくすくす笑いながら言います。

「いままで流されてきたけど、やっぱりマジックがやりたい。そんな本心に気づいたと同時に、恋愛方面の空回りが恥ずかしすぎたと」

「恋愛感情なかったのに、失恋したみたいな気分だったよ……」

答えは決まっていたものの、言葉選びもいろいろ考えたでしょうしね。

それでも結果は三方よしの、いい話だと思います。

「で、いずみ。なんやかんやで実家に戻ってからは？」

「いまと同じ。バイトして、マジックして。それで去年のクリスマスの日だよ。バイト中に、お母さんから電話がかかってきた。お父さんが倒れたって」

「私が電話をもらったのは、叔母さんからだったな」

ちずさんが、過去を思い返すように遠くを見ます。

「バイトを上がらせてもらって、わたしはいろいろ考えたよ。お父さん、ぜんぜん売れてないのに、わたしたちをマジックで育ててくれたんだなあとか」

「まさにマジックだったたね」

「そう思うと、なんだかまっすぐ病院にいけなくて」

「わかる」

「寄り道ってほどじゃないけど、ゲームセンターとかのぞいちゃって」

「わかる」

「そしたらそこに、ちずちゃんがいて」

「なんで」

「こっちが聞きたいよ」

姉妹が顔を見あわせ、大笑いしました。

「ひとまず、わたしの話はここまで。次はちずちゃんね」

いずみさんが、ココアのおかわりを作りにキッチンへ向かいました。

今日はいつもよりも、長い夜になりそうですね。

#26　ふたりがひとりだった頃　後編

人がポテトチップスを食べる音って、心地いいですね。

ココアを飲みつつの昔話は、語り手をちずさんに交替して続きます。


「大学を出てしばらくした頃かな。唐突に『ひとり暮らしをしないと、自立した大人とは言えない』とか思っちゃったんだよね。遅めの青い春だよ」

ぱりっとポテトチップスをかじり、ちずさんが苦笑いしました。

「でも実家暮らしでも、あんまりお金は貯《た》まらないよね」

いずみさんもぱりぱりと、小気味よくポテトチップスを食べています。

「マジックにかける時間を考えると、たくさんバイトも入れられないしね。それで同業の先輩に相談したら、『キャバクラ営業』ってのがあるよって」

キャストの女性がドリンクの代わりに、お客さんに『マジック見たーい』とおねだりするサービスがあるんだそうで。

「聞いたことはあるけど……どんな感じだった？」

「やることは、マジックバーと変わらないよ。でも実入りが違う。羽振りのいいお客さんだと、どーんとチップがもらえるからね」

そういう店のお客さんは、女性にいいところを見せたいでしょうしね。

「じゃあちずちゃんは、そこで稼いだわけだ」

「六時間四十五分で辞めた」

「早っ！ でもしっかり休憩取ってる！」

「お客さんはマジックに集中してくれないから、ミスをしてもなにも言われない。むしろさっさと終われと思われているから、楽しませることもできない」

マジックの修業の場としては、だいぶアウェイですね。

「そのくせチップはもらえるから、堕落《だらく》まっしぐらだよ。上手に立ち回れる人もいるだろうけど、その頃の私はこじらせてたから」

いまでもちずさんにはストイックな一面がありますけど、若い頃はいっそうとがっていたのでしょう。

「そこですぐ辞められるのが、ちずちゃんのすごいところだよね」

いずみさんがぱちぱちと、拍手をしながら言いました。

「ぶっちゃけ未練はあったよ。お弁当、毎日パスタともやしだったし」

「ちずちゃんその頃から、コスパ重視なんだね……」

いま豆苗がここにいる理由が、少しわかった気がします。

「まあひとまず、マジックとお金の両立はあきらめた。だからとりあえず稼ぐことにしたわけ。ヤク……の売人で」

「言いかた！『乳酸菌飲料の販売レディ』ね」

「あれは給料が歩合制《ぶあいせい》で、私には向いてるみたいで稼ぎはよかった。朝から出勤して夕方には終わるから、夜は資格の勉強もできた」

「真面目……っていうか、ちずちゃんほんとすごいね」

いずみさんは同業者として、純粋に尊敬しているようです。

「私の担当エリアは横浜《よこはま》だったんだけど、そこで知りあったお客さんに誘われたんだよね。『あんたに向いた仕事があるわ。厄介なぶん、報酬ははずむわよ』って」

「それ殺し屋を雇うときのセリフだよ。実際はバーテンダーだっけ？」

「そう。『愛とヒゲのオラクル』っていう、占いゲイバーの」

ヒッキー・他店子《たてんこ》さんを紹介したお店ですね。

「私はバーテンダーとして雇われたけど、店ではマジックもやらせてもらえた。お客さんも男女比同じくらいで、みんな面白いことを求めてた」

「へー。知らない世界だけど、すごく楽しそう」

「実際に楽しかったし、生きる力も鍛えられた。横浜に越して人脈も広がって、『道具屋』さんとか、いまの勤務先の社長とも知りあえた」

道具屋さんは、マジックグッズをオーダーメイドしてくれるお店ですね。

「久しぶりに会ったとき、ちずちゃん人間レベル上がってるなーって思ったよ」

「ママのおよしさんには感謝してる。最終的には追いだされたけど」

「そうなの？　いい関係だと思ったのに」

「『あんたいつまでも、こんな店でくすぶっているのはおよし！』ってね。およしさんが追いだした従業員は、ひとり立ちできるってジンクスがあったから」

およしさんは不器用な占い師やマジシャンに声をかけて、独立できるように自分のお店で面倒を見ているのかもしれません。

豆苗が勝手にそう思っただけですけど、およしさんが彼らを追いだす場面を想像すると、ほろりとなってしまいますね。

「よかった。およしママは、ちずちゃんを応援してくれてたんだね」

「それが私にはプレッシャーだった。テーブルマジックで成功する人は、ひと握りだからね。明日からどうしようってときに、叔母さんから電話がきた」

いずみさんと同じく、お父さんが倒れたという話を聞いたのでしょう。

「ちずちゃんも、お父さんにあわせる顔がないって思ってた？」

「私の場合は、もっとずるい。いずみにも引け目を感じてたから、気まずくなったときにごまかそうと思って、ゲーセンに入ったんだよ」

「わたしが動物を好きだったから、ぬいぐるみを取ろうとしてたの？」

ちずさんがうなずいて、言葉を足します。

「それで最初に目があったのが、まじろう」

『すまぬ。よくわからぬ』

アルマジロのタイミングよい発言に、姉妹が吹きだしました。

「一回五百円のやつだったから、けっこうお金使ったよね」

「ＡＩスピーカーだからね。とはいえ、もう十分に元を取ったよ」

先輩豆苗から数えれば、右隣のまじろうとも長いつきあいです。左隣のクリスマスツリー先輩も、お得感騒動で売られていなければそろそろ再会できそうですね。

「でもまさか、病院であんなことになるなんて」

いずみさんが、ハム吉《きち》のケージの上に目を向けました。

そこには燕尾服を着た、姉妹のお父さんの写真が飾られています。

「あのときお父さんに、私たちはとても大事なことを教わった」

ちずさんの言葉から察するに、マジシャンとしての在りかたでしょうか。

「わたし、病院ですき焼き食べたの初めてだよ」

「お父さん、夕飯のすき焼きを食べる前に倒れたらしいよ。だから目が覚めて最初にお母さんに言ったのが、『すき焼きは？』だったって」

「お母さん優しいよね。家に帰って、鍋ごと持ってきてくれるんだから」

「病院も相当なもんだよ。お医者さんも一緒に食べてたし」

なんか思っていたのと違うというか、登場人物が全員のんきすぎませんか。

「だからわたしたちも、ここぞというとき食べるようにしたんだよね」

「すき焼きに未練があると、お父さんみたいに生き返っちゃうからね。逆にすき焼きを食べておけば、『死んでもいい』って全力で仕事に臨《のぞ》める」

それがお父さんから教わった、「大事なこと」なんでしょうか。

「ちずちゃん。結局お父さんが倒れた原因って、ただの過労だったんだよね？　いまも普通にピンピンしてるし」

「よかった。お父さんはご健在なんですね。

「お母さんが言うには、寝不足だって。ＹｏｕＴｕｂｅを徹夜で見てたらしいよ」

高齢になってから八マった趣味には、全力を注ぎがちです。

「流行の分析とかする人のチャンネルでしょ。お父さんすごい影響受けて、ダメ出ししてきたよね。『いずみには技術がない』とか」

「『ちずには華がない』とかね。悔しいけど図星だった。一応は業界で長く生きてきた人だから、見る目は持ってる。それがまた腹立たしい」

言葉のわりに、ちずさんの口元は笑っていました。

「そのとき言われたんだよね。『いまはビジネス姉妹がはやっているから、いずみとちずもそうしろ』って。実の姉妹に提案できる人、なかなかいないよ」

いずみさんも、くつくつと笑いがこみ上げています。

ふたりがユニットを組むいきさつは、お父さんの助言だったんですね。もしやお父さん、娘たちのために徹夜で分析していたのでしょうか。

真相はわかりませんが、姉妹はそう受け取っているような気がします。

「そういえば、いずみはふたり暮らしに不安なかったの？」

ちずさんが、思いだしたように聞きました。

「そりゃあ、あったよ。ちずちゃんとは昔から仲よかったけど、お互いに家を出てからはあんまり連絡を取ってなかったし」

いまのふたりを見ていると、ちょっと意外な気がします。

「まあ私は、いずみをライバルだと思ってたしね」

「わたしもそうだよ。でも物心ついてマジックを始めるとき、なんでふたりで組もうと思わなかったんだろうね」

「お父さんがピンだったからでしょ。あの人は売れてないくせに、私たちに対する影響力が大きすぎる」

この言葉、お父さんが聞いたら泣いてしまうと思います。

「まあわたしたちも売れてないけど。でもいまの生活、わたしは好きだよ」

「私も満足してる。若い頃に漠然と抱いてた『人生の目標』は、もっと手前にあるのかもって思うようになった」

ちずさんにしては、ちょっとふんわりした話ですね。

いずみさんもピンとこないのか、頭の上に疑問符が浮かんで見えます。

「たとえば、『小さな幸せ』って言葉があるでしょ。日常の中で感じるような」

「天津飯《てんしんはん》と酢豚のセットを食べるときとか？」

それを幸せと呼んだのは、ふたりが好きなアーティストの岡崎体育《おかざきたいいく》さんですね。

「まさにそう。じゃあ『大きな幸せ』ってなに」

ちずさんの問いかけに、いずみさんが考えこみます。

「大金持ち……とか？」

お金で買えないもの、最近では「ない」と答える人が増えたようです。豆苗にはその理由がわかりませんが、ちょっとさびしい気はしますね。

「人より恵まれていることを幸せと呼ぶなら、そうだけどね」

「そっか。大金持ちになっても、幸せを感じない人もいるかも」

「だから『小さな幸せ』であっても、それを感じられること自体が幸せなんだよ。私たちは夢に向かって努力してないんじゃなくて、夢が近くにあっただけ」

幸せの形は人それぞれ。そんな言葉は昔からありますが、実感できるには時間がかかると思います。

人はどうしたって、他人と自分を比べちゃいますからね。

「ちずちゃんが、まるで大金持ちになった人の目線で語っている……」

「ドラム式洗濯機以上に、高い買いものしたことないけどね」

それを自分で稼いだお金で買ったことも、幸せの形なんだと思います。

「まあわたしに言わせれば、いまが毎日楽しいのはちずちゃんのおかげだよ」

いずみさんが言って、へへっとはにかみました。

「私もそう思う」

ちずさんの返事に、豆苗は吹きだざずにいられません。

「わたしはっ⁉　ここお互いにほめる場面だよ！」

「いずみ。クリスマスケーキ、予約してきてあげようか」

「食べものでごまかされてる」

「迷わずホールケーキを買えるのは、ふたり暮らしのおかげだよ」

ちずさんがコートを羽織り、冬の街へと出かけていきます。

留守番のいずみさんは、豆苗の水を替えながらにやにやしていました。


『仲よき事は、美しき哉《かな》』

かつて武者小路実篤《むしやのこうじさねあつ》は、野菜を描いた色紙にそう書いたそうですね。

よく見れば、その野菜は豆苗だったりするのかもしれません。

#27　花森母式年越しそば

クリスマスも終わり、出窓から見る街はすっかり年の瀬ムードです。

といっても、見た目はそれほど変わりませんけどね。

ただ少しだけ、人々が家路《いえじ》を急いでいるように感じるのです。


「ほっほろ」

花森《はなもり》家の玄関で、ハトのギンコが鳴きました。

「寒い寒い寒い寒い」

ちずさんが、震えながらリビングにやってきます。

「家あったか……家あったか……」

いずみさんも入ってきたので、ふたりで一緒に帰ってきたみたいですね。

花森家にはハム吉《きち》とギンコがいるので、暑さ寒さの厳しい時期は姉妹の留守中でも
エアコンはつけっぱなしです。

お金はかかりますけど、部屋があったかいって幸せなことですよね。

「いやあ、買ったね。これで年末年始は、家に引きこもれるよ」

ルームウェアに着替えたいずみさんが、こたつに滑りこんできました。

「いずみの仕事は、今日で終わり？」

着る毛布を羽織ったちずさんも、素早くこたつと一体化します。

「うん。初売り四日だからね。最近は、年末年始に休むお店多いよ」

昔のスーパーは、年中無休が当たり前だったそうで。以前に姉妹が話していましたが、これも未来のジェネレーションギャップになるかもしれません。

「いい変化だよ。うちは普通に七日まで休み」

ちずさんは不動産屋さんなので、春の繁忙期まではのんびりです。

「じゃあお正月は、心ゆくまでうかうかしよう」

「でもいずみ。お昼には顔を出すって、お母さんに言っちゃったでしょ」

「そうなんだよね。実家がうちにくればいいのに」

姉妹の実家、電車でほんの十分くらいですけどね。

「とりあえず帰省は棚に上げて、大晦日《おおみそか》の準備」

「うん。もう見たい番組、始まっちゃってるよ」

ふたりはエコバッグから、買ってきたものを出しはじめました。

「天ぷら高い。一尾四百五十円って、普段の倍以上」

コスパにうるさいちずさんが、不満そうに眉を吊り上げます。

「でも大晦日の必須アイテムだよ。逆にほら、クリスマスだとめちゃめちゃ高いローストチキンが、ちょっとお得に買えたし」

さすがいずみさん、食べものに関しては抜け目がありません。

「豪遊と、感じてしまう庶民かな」

ちずさんの上《かみ》の句に、

「庶民が一番、幸せ満喫」

いずみさんが下《しも》の句を返します。

「実際のところ、こうして家でだらだらしているときが一番幸せなんだよね。一般的なマジシャンだったら、年末年始は稼ぎどきなのに」

ちずさんは無表情なので、後ろめたさがあるのかはわかりません。

「やだ。年末年始は、絶対に見る側がいい」

いずみさんは強く主張して、キッチンでそばを茹で始めました。

人が師走《しわす》に家路を急ぐのも、その辺りが理由かもしれません。

豆苗もふたりと同じく、あたたかい部屋での団欒《だんらん》が好きですよ。

「できたよー」

早くもいずみさんが、あれこれリビングに運んできました。

「やっぱり年越しそばは、お母さん直伝《じきでん》のわんこそば方式に限るね」

こたつの上に並んだのは、どんぶりではなくお椀《わん》のようです。

薬味の小皿には、ねぎや味玉《あじたま》なんかが盛られていますね。

「のんびりテレビ見ながら食べてると、すぐに伸びちゃうからね」

ちずさんが保温タンブラーから、お椀に熱々のめんつゆを注ぎます。

わんこそばというよりは、つけめん方式でしょうか。

花森姉妹がユニークなのは、お母さん譲《ゆず》りかもしれません。

そんな風にして、テレビを見つつ、そばをすすりつつ、団欒が始まります。

「そういえば、ちずちゃん。大掃除はどうする？」

「『そういえば』は前の言葉を受けていうものでいまは『別に口パクでもかまわないよね』って話だったから言葉のチョイスが不適切」

「その息継ぎなしで言う感じ。やりたくないんだね、大掃除」

などと言っている間に、年の瀬もそろそろ終わりです。

「あっ、ちずちゃん。年明けるよ。どうする？ ジャンプする？」

「二十年前にも答えたけど、しないよ」

テレビでカウントダウンが終わり、ハッピーニューイヤーの声が流れました。

「新年、あけましておめでとうございます」

「今年もよろしく、お願いします」

こたつに入ったままですが、ふたりともきちんと頭を下げます。

「今年は、どんな年になるかねえ」

焼酎のそば湯割りを飲みつつ、ちずさんが話を振りました。

「じゃあ新年の抱負とか、言ってみる？」

手の上でハム吉をなでつつ、いずみさんが返します。

「私はお掃除ロボットを買ったり、シンクにディスポーザーをつけたりしたい」

「またちずちゃんが、お金で時間を買おうとしている」

食洗機にドラム式洗濯機と、花森家には時短アイテムが多いです。

どれもお安くはないですが、ちずさんにはポリシーがありました。

「三十超えたら『コスパ』の『コスト』は、お金じゃなくて時間だからね」

「またちずちゃんが、名言ぽいこと言って悦《えつ》に入《い》ってる」

「いずみはないの？　新年の抱負」

「わたし、あれやりたいんだよね。車の後ろに空き缶いっぱいつけて、がらがらって引きずるやつ」

「結婚宣言と見せかけて、海外ドラマの影響受けただけのやつだ」

一瞬どきっとさせられましたが、やってみたさはわかります。

「結婚生活はともかく、結婚にまつわるイベントって楽しそうなの多いよね。いつか海外に行ったら、ちずちゃんふたりでやろうよ」

「お互いにウェディングドレス着て？　ちょっと面白そうではあるね」

なんだかふたりが主演の、コメディ映画のワンシーンみたいですね。

「海外はともかく、わたしは国内旅行も行きたいな」

「だったら、ビワイチやろう」

ちずさんの提案に、いずみさんが口をとがらせました。

「前に話してた、ビワを一個で売ってくれってやつ？　ふたり暮らしなんだから、普通に六個入りを買いなよ」

「琵琶湖《びわこ》を一周するサイクリングを、『ビワイチ』って言うんだよ。準備がそこまでたいへんじゃないわりに、得られる達成感が大きくてコスパがいい」

自転車はレンタルできますし、コースも整備されているそうで。

「滋賀《しが》なら行けるね。わたし国内なら、盛岡《もりおか》で本物のわんこそば食べたいな」

「じゃあ滋賀と岩手《いわて》の仕事募集しよう」

家でごろごろが大好きな姉妹ですが、旅行も苦ではないようです。

豆苗は留守番になりそうなので、土産話《みやげばなし》を楽しみにしておきましょう。

「そういえば、ちずちゃん。仕事での目標はないの？」

「そう。『そういえば』は、そうやって使う」

「つまり、目標ないんだね。わたしは……わたしも特にないなあ。芸人として、野心がなさすぎるね」

いずみさんが、へへっと笑いました。

「十二万、三千四百五十六人」

唐突に、ちずさんが数字を口にします。

「なにそれ」

「甲子園《こうしえん》に出る可能性がない、全国の高校野球部員の数」

「へー、すごい。そんなにたくさんいるんだね」

豆苗も野球は詳しくないので、ちょっとびっくりしました。

「彼らがなんのために野球をしているか、いずみにはわかる？」

「えっ？　野球が好きだからじゃないの？」

「そう。野球は目的であって、甲子園に出る手段じゃない。野心がなくたって芸人でいていいし、人を楽しませることもできる」

どの業界にも、アマチュアと呼ばれる人たちがいます。

でも彼らがみんな、プロを目指しているわけではないですよね。

まあ姉妹はアマチュアではなくプロですが、貪欲《どんよく》に上を目指さず現状を楽しむプロがいたっていいと思います。

「……そっか。そうだね。じゃあ、『今年も楽しくやる』くらいの目標で」

いずみさんが、ほっとした笑顔を見せました。

ちずさんはにやりと笑っているので、さっきの数字はでたらめなんでしょうね。

それでは最後に豆苗も、微力ながら願わせていただきます。

今年も花森姉妹とみなさまにとって、よい一年でありますように。

#28　キャンディビートでパーリナイ

朝は空気が冷えこんでいましたが、昼はぽかぽか陽気になりました。

姉妹もきちんと目を覚まして、いまはぎこぎことノコギリを動かしています。

ちずさんはこたつに足をかけて、いずみさんは木材を押さえて。

「ちずちゃんは器用だよね。マジックの道具、自分で作っちゃうんだから」

いずみさんが、すごいなあと無邪気に感心しました。

目下のちずさんが作っているのは、引きだしつきの箱みたいですね。

まず空っぽの中身を見せておいて、3、2、1で引きだすと、中からハトが出てくるタイプです。

「いずみのほうがすごいよ。手を使わずに靴下脱げるんだから」

「それ、ほめてないよね？」

「ほめてはないけど、芝は青く見える」

ちずさんは牛乳パックも、上手に開けられませんしね。

姉妹はどちらも器用でどちらも不器用というのが、豆苗の印象です。

「でも商売道具を作れるって、やっぱりすごいよ。買うと高いし」

いずみさんはマジシャンだからこそ、そのすごさがわかるのでしょう。

「このくらいなら、道具屋さんに頼むほどでもないしね。でもうまく作れたら、同業者には売れる」

ちずさんの目が、「¥」のマークになりました。

しかしいずみさんが気づかなかったので、そっとシールをはがします。ちずさんのネタは地味なので、けっこうな頻度《ひんど》で未読スルーされがちです。

「いずみ、お手伝いはもういいよ。あとはひとりでできるから」

材料のカットを終えたので、こんこんと、カナヅチで釘を打つちずさん。

「ちずちゃん、脱出系の道具とかも作れる？」

「作れないことはないけど、あれは運搬がしんどい。できる会場も限られる。しかも手間ひまがかかるわりに、お客さんウケもいまひとつ」

マジックの花形ゆえに、みんな見慣れてしまったのかもしれませんね。

「作れはするんだ。いいなあ器用で。わたし、指も鳴らせないよ」

「それはマジシャンとして、かなり致命的」

パチンと指を鳴らすマジシャン、かっこいいですもんね。

「だからわたしは、『いまから魔法をかけます』って手をかざすんだよ。マジックの種類も、それにあうのを選ぶし」

「じゃあいずみは、この箱からなにを出す？」

「定番は、箱より大きなものだよね。『わー、雨が降ってきた。雨をなんとかできる道具、出てこい』ってフリを入れて、箱からステッキが出てきて『惜しい！』」

「まずひと笑い。続けて」

「次に、『よく見れば、これは魔法のステッキ。雨をしのぐ道具じゃなくて、降らせる道具』って笑顔で言う。お客さん、きょとん」

「ふむ。最後は？」

「ステッキの先端から、ぶわーってキャンディを降らせて子どもに配る」

メルヘンチックで、いかにもいずみさんらしいマジックですね。

子どもたちは喜んでくれそうですが、ちずさんの判定はどうでしょう。

「三十点かな」

「低《ひく》っ。そんなにだめ？　雨と飴《あめ》をかけたんだよ？」

「わかるよ。でも食べものの配布は、コンプラ的に嫌がるクライアントが多い」

「それは……うん。難しい時代だね……」

夢を売る人たちは、みんな苦労していると思います。

「そのぶん、進歩した科学も使える。プロジェクションマッピングとか」

オリンピックで話題になった、立体に映像を映す技術ですね。マジックと組みあわせているグループを、豆苗もテレビで見たことがあります。

「ああいうのやってみたいけど、お金かかりそうだね」

「いまはね。機材は少しずつ安くなってるから、そのうちできるよ」

それからしばらくの間、こんこん、こんこんと、ちずさんが釘を打つ音がリビングに響いていました。

「なんかわたし、飴を食べたくなった」

いずみさんが言いだすと、

「奇遇だね。私も」

ちずさんも同意しました。

「キャンディの話をしたからかな。ちずちゃん、飴ってあったっけ？」

「さあ。久しく食べてないよ」

「じゃあ、探してみる」

いずみさんがキッチンの戸棚を、がさごそと探しています。

「あったよ、ちずちゃん。川崎大師《かわさきだいし》の咳止《せきど》め飴。実家から持ってきたやつ」

「大量に余ってたやつでしょ。それ、いつの」

「わかんないけど、飴だし大丈夫でしょ。ほい」

いずみさんがちずさんの口に、白い飴を放りこみました。

いわゆる「さらし飴」と呼ばれる、くにくにとやわらかいタイプです。

「なつかしい。この素朴な味」

ちずさんは記憶を探るように、斜め上を見ていました。

「しっくりくるよね。体が欲してた感じがする」

いずみさんはハム吉《きち》のように、頬袋をふくらませています。

「わかったよ、いずみ。飴の話してたから食べたくなったわけじゃなくて、私が釘をとんとんしてたから、飴切り包丁の音を思いだしたんだよ」

川崎大師と言えば、参道にとんとん響くリズミカルな飴切りの音が有名です。

「そっか。初詣は近場ですませちゃったけど、久しぶりに行こうか」

「冬、外、寒い。人、多い。やること、ある」

ちずさん出かけたくなさすぎて、片言《かたこと》になってますね。

「今日はあったかいよ。出かければ箱から出すもののアイデアも浮かぶかも」

「いずみの頭に浮かんでるのは、鈴《すず》カステラとモツ煮の屋台でしょ」

「甘酒もだよ。冷えた体が、くーってあったまるあの感じ。いいよね」

その魅力には、ちずさんも抗《あらが》えなかったようです。

姉妹が出かけていったので、お土産を楽しみにしておきましょう。


「ほっほろ」

ギンコが鳴いて、姉妹の帰宅を伝えてくれました。

ふたりはなにやら両手いっぱいに、ビニール袋を抱えています。

「飴切りのビートを聞いて、テンション上がって買いすぎた……」

「だから実家でも、あんなに大量に余ってたんだね……」

仲見世通《なかみせどお》り全体に、ＢＰＭ１６０の音楽が流れているようなものですしね。

それでもまあ、飴なら大量にあっても困りません。

幸いちずさんも、頻繁になにかをとんとんしますしね。

＃29　豆きたりなばチョコ遠からじ

豆苗って、実はエンドウ豆の若菜です。

もっとわかりやすく言うと、グリンピースを発芽《はつが》させたものです。

なので根っこには豆がありますが、食べる向きではないので悪しからず。

以上、これが本当の豆知識でした……なんちゃって！


「どしたの、ちずちゃん。眉間にしわ寄せて」

出窓から見たこたつの左側で、いずみさんが首をかしげました。

「いま窓のほうから、ダジャレの波動を感じた」

右側のちずさんは、じっとりした目をこちらに向けています。

酔うとダジャレ魔になる人なので、他者のそれにも敏感なんでしょうか。

「よくわかんないけど、この歳になるとさすがにきついね」

いずみさんが、もぐもぐと口を動かしながらため息をつきました。

今日は節分《せつぶん》です。

すでにラップにくるんだ豆をまいたので、いまは歳の数だけ摂取中でした。

「三十を超えると、修行感が出てくる」

ちずさんもうつむきながら、黙々と豆を食べていますね。

「これ年齢の数って、どういう意味があるの？」

「昔は年齢プラス一粒の福豆《ふくまめ》を食べて、次の年も福を得たとかなんとか」

「それって、諸説あるやつ？」

「諸説あるやつ」

なんとなく、ふたりともやさぐれています。

「オッケー、完食。二十五粒目くらいまでは、香ばしくておいしかったな」

いずみさん、七割がたおいしく食べられましたね。

「じゃあそろそろ、有馬《ありま》姉妹解散の危機と向きあおうか」

ちずさんがコーヒーをすすって、目つきを鋭くします。

なかなかに不穏《ふおん》な話題ですが、いずみさんはあっけらかんとしていました。

「おおげさだよ、ちずちゃん。わたし、結婚する気なんてないし」

「でも相手は四十に見えない若さで、イケメンで、おまけにマッチョだよ」

ちずさんがスマホの画像を、いずみさんに見せつけます。

「マッチョはちずちゃんの趣味でしょ。わたしは筋肉に興味ないよ」

実は以前からの懸念《けねん》だった、お見あいの話が進んでいました。いずみさんは過去にゲーム対決で負け、生け贄として選ばれているのです。

「アイドルになった理由で、『お母さんが応募した』って定番があるでしょ。見あい結婚もそう。『する気なかったけど、ノリで』になるよ」

ちずさんの言葉からは、いずみさんを案じる気配が伝わってきますね。

「これだけ豆を食べる歳になって、ノリで人生決めないよ」

いずみさんが笑ったところで、こたつの上でスマホが震えました。

「うわ、叔母さんからだ」

「いずみ、お見あいは十日後でしょ。予定変更かキャンセルじゃないの」

「じゃあ、出たほうがいいよね……」

渋々の様子で、通話を始めるいずみさん。

「もしもし、叔母さん？　うん、いずみ。え、なにそれ。本当に？　そりゃあ、ちずちゃんはいるけど……わかった」

いずみさんが、スマホをちずさんに渡しました。

「叔母さん、なんだって？」

ちずさんが、いぶかしげな表情で問います。

「わたしに予定が決まったあと、先方がちずちゃんの写真を見て気に入ったって」

「は？　チェンジってこと？　お見あいにそういうシステムあるの？」

「知らないよ。詳しいことは叔母さんに聞いて」

なんとも言えない表情で、電話を受け取るちずさん。

「……代わりました、ちずです。叔母さん、どういうことですか？　はい……いやそれ、普通に失礼オブザイヤーですよ」

ちずさん、さすがにいらいらしてますね。

「……はあ？　タイプ？　ショートカット？　じゃあいまから、いずみの髪をばっさり切ります。趣味？　そりゃ映画は好きですけど……」

その後しばらく、ちずさんはいらいらと豆を食べつつ話しました。

やがて米寿《べいじゅ》を超えそうな頃あいで、ようやく通話が終わります。

「……わかりました。つつしんで、お受けいたします」

ちずさんがスマホを放って、ぱたりと背中から倒れました。

「お疲れさま。ちずちゃんが根負けするなんて、叔母さん強いね」

いずみさんがこたつの上に、そっとコーヒーのカップを置きます。

「ベテラン刑事に、取り調べ受けてるようなもんだからね……」

「一回ちずちゃん、『私がやりました』ってなにかを自白してたよ」

叔母さんは、かなり論破力が高い人のようです。

「でもこれで、解散の危機は去った。私はいずみと違って、ノリに流されない」

「このときのちずは、そんな風に思っていたのだった」

「いずみ、妙なナレーション入れないで」

それは豆苗の役目です。

「だって向こうはちずちゃんがタイプで、ちずちゃんもマッチョが好き。おまけに趣味もあうなんて、ベストカップルだもん」

今度はいずみさんが、不安そうですね。

「マッチョが好きなのは映画の話。相手は髪の長さとか趣味があうとかで、いずみとの約束をなかったことにする男だよ。武士の風上にも置けない」

まじろうもきっと、『うむ』とうなずきたいことでしょう。

「武士ではないと思うけど、ちずちゃんこそノリに流されない？」

「流されない。『あとは若いふたりで』で一対一になったら、泣くまで説教してギッタンギッタンにしてくる」

「頼もしいような、交際フラグが立ったような……」

いずみさんは、そこはかとなく不安そうです。

はたして十日後、ちずさんはどうなるのでしょうか。


そんなわけで、お見合い当日です。

リビングのこたつの上には、ダンボール製の迷路が設置されていました。

DIYが得意なちずさんが、以前に製作したものです。

ハム吉《きち》はせっせと迷路に挑んでいますが、それを見つめるいずみさんは上の空。

さっきから、時計ばかりを気にしています。

「ふるっふぅ！」

午後の十時を過ぎた頃、玄関でギンコが威勢よく鳴きました。

「おかえり、ちずちゃん。遅かったね。どうだった？」

いずみさんがハム吉を手のひらに乗せ、玄関まで飛んでいきます。

「いいニュースと、悪いニュースがあるよ」

コートを脱いだちずさんが、無表情のままで言いました。

「わ、悪いニュースで」

ごくりと唾を飲む音が、豆苗のいるリビングまで聞こえてきます。

普段のいずみさんなら「いいニュース」を選ぶので、よほど心配なんですね。

「悪いニュースは、私はしばらくトイレにこもる。じゃ」

バタンと、トイレのドアが閉まる音。

「ちずちゃん、おなか壊したの？　もしかして……いやなことがあって、ひとりで泣いてるの？」

「いずみ」

トイレ中は話しかけないのが、デリカシーだと決まりましたしね。

「うう……生殺し……」

半端な状態で待たされるのは、たしかにいずみさんには悪いニュースです。

それからおよそ、三十分。

「死ぬかと思った」

大きく息を吐きながら、ちずさんがリビングに現れました。

「ちずちゃん、結婚するの……？」

半分べそをかいているいずみさんを見て、ちずさんが笑います。

「するわけないでしょ。お見あいは、間違いなく破談だよ」

「よかった…………………あっ」

安堵《あんど》したいずみさんですが、すぐに表情がかげりました。

ちずさんが幸せになり損ねて喜ぶなんてと、自己嫌悪している顔ですね。

「とりあえず順番に話すから、一分待って。着替えてくる」

自室に消えたちずさんが、一分後にいつもの着る毛布で戻ってきました。

「どこから話そうか。とりあえず、相手はマッチョだったよ」

「そこは一番どうでもいいよ」

「映画の趣味も悪くなかった。性格もまあ、思ってたよりは気づかいができる」

「いまの時点で、非の打ちどころがない……」

いずみさん、おびえた表情です。

「だからお見あい終わったあと、ノリで飲みにいっちゃって」

「フラグ回収してる！」

「お酒を飲みながら、趣味があうのは大事だね、食べものの好みもね、って感じで盛り上がって。じゃあ〆《しめ》のラーメン食べようってなって」

「それ、お見あいの話だよね？」

お見あいで「〆のラーメン」は、ちょっと聞いたことないですね。

「店は選んでいって言うから、激辛を食べにいって。相手はひとくち食べて悶絶《もんぜつ》して。でも『お残《のこ》しは失礼』みたいな顔で固まってたから、私は言ったわけ」

「ここへきて、お説教？」

「『マッチョが困っちょる』って」

その落差に、いずみさんも豆苗も吹きださずにはいられませんでした。

「飲んじゃったから！　ちずちゃん、お酒飲んじゃったから！」

出ちゃいましたね、ダジャレ魔。

「でもほかのお客さんも爆笑させたこのダジャレを、お見あい相手だけが笑わなくってね。ここでお互い、埋められない溝を感じたんだよ」

ちずさんが、ちょっとだけ悲しそうな顔を見せました。

「やばいよ、ちずちゃん。わたし今年イチ笑ったよ」

「だから話を引っ張りたかったんだよ。いずみにウケて気をよくした」

これは今後も、語り継がれる話になりそうです。

「で、その後はどうなったの？」

「私は相手の分までラーメン食べたから、トイレにこもるはめになった」

カプサイシンを摂取しすぎると、そうなるらしいですよ。

「それが悪いニュースだったっけ。じゃあいいニュースは？」

ふふんとちずさんが笑い、紙袋から高級感のある小箱を取りだします。

「あと数時間でバレンタイン。お高いチョコ、買ってきたよ」

「やったあ！　コーヒー、入れてくるね」

スキップで、お湯を沸かしにいくいずみさん。

その様子を、ちずさんは微笑みを浮かべて眺めていました。

ちずさんはクールに見えて、けっこうな人情肌の世話焼きです。失敗を許さない現代社会が嫌いで、罪を憎んで人を憎みません。

それでもいずみさんを傷つけた相手だけは、許せなかったと思います。

たとえいずみさん本人が、気に留めていなかったとしても。

「ひと粒五百円の味おいしい……もう普通のチョコには戻れない……」

「大丈夫。いずみは明日にも、『割れチョコおいしい』って食べてるよ」

ちずさんの話は、どこまで本当なんでしょうか。

仮にぜんぶ作り話だとしても、豆苗は驚きません。

＃30　種もしかけも有馬姉妹

背中がぽかぽかあたたかくて、思わず寝こけてしまいそうな三月です。

開いている出窓の外にも、桜のつぼみが見えていますね。

そんなうららかな日、ちずさんは買いものに出かけていきました。

いずみさんは、せっせとリビングに掃除機をかけています。


「春は！　抜け毛が！　多い！」

掃除機を片手に、リビングを駆けずり回るいずみさん。

ハムスターもハトも春が換毛期《かんもうき》なので、この時期の掃除はたいへんです。

「次、豆苗！」

掃除を終えたいずみさんが、豆苗をキッチンへ運んでくれました。

こうして一日一回水を替えてくれるおかげで、豆苗はすくすく育っています。

初代から数えて、いまの豆苗は何代目でしょう。

姉妹は飽きずに豆苗を使ってくれて、たいへんありがたいです。

「次、まじろう！ ……は、別になにもないか」

『すまぬ。よくわからぬ』

豆苗の隣で、アルマジロのぬいぐるみが答えました。

この返事も、もう数え切れないくらいに聞いていますね。

「ほろっほ」

玄関でハトのギンコが鳴きました。

買いものに出ていたちずさんが、帰ってきたみたいです。

「ただいま」

リビングのこたつにエコバッグを置いて、ちずさんが定位置に座りました。

「おかえり、ちずちゃん。桜餅《さくらもち》と柏餅《かしわもち》あった？」

いずみさんもやってきて、座椅子に腰を下ろします。

「両方あったよ。柏餅はつぶあん」

「あれ？ ちずちゃん、こしあん派だよね？」

「食パンのときは、私が推す八枚切りになったからね。あんこは譲るよ」

そんなことも、ありましたね。

「紅白両方のお餅はうれしいけど、お餅って太るよね……」

「いずみが食べる前に、太ることを考えるなんて」

ちずさんが窓の外を見て、雲行きを確認しました。

「だって昔はみんな、『若いんだから食べなきゃだめだよ』っていろいろ食べさせてくれたけど。最近は言われなくなったし……」

「私も言われなくなったから、単に若くなくなっただけだよ」

「そっか。ならいっか」

いずみさんがけろりとして、お花見の準備を始めました。

「いいね。花見は外でするとけっこう寒いから、部屋の中が最適解《さいてきかい》」

ちずさんは豆苗越しにつぼみを眺め、缶ビールを飲んでいます。

「食べものもお酒も、すぐに補給できるしね」

いずみさんはぱりぽりと、柿の種をかじっていました。いまひと粒落ちたみたいですけど、気づいていないようです。

「去年よりもつぼみの位置が高い。この一年で、桜が成長したのかもね」

「成長かあ。わたしはあんまり、してない気がするよ」

「確認してみようか」

ちずさんがスマホを操作して、撮影した画像を遡《さかのぼ》っていきます。

「あ、ちずちゃんこれ。『種もしかけも有馬《ありま》姉妹』のポーズ考えてた頃だよ」

「初期は迷走してたね。こっちは『へべすそば』かな」

「映えてるね。こっちの空き箱の画像、なんだっけ？」

「『一本増量』って書いてあるアイスの箱。そっちは壊れた冷蔵庫」

あのときは、なかなかの悪夢でしたね。

「あ、わたしの新衣装。これ、評判よくてうれしかったな」

「これは……いずみがかじったイチゴ大福？」

「うん。この一年は、ダイエットいっぱいしたよ」

そのかいあって、いずみさん太ってませんね。

「これ覚えてる！　ちずちゃんが作ってくれたオムライス」

「いま見ても、ひどいハート。こっちはすき焼きかな」

「YouTubeの収録前に食べたやつだね。あれでちょこっとファンが増えたっぽいから、やっぱりすき焼きパワーはあるよ」

ファンというか、SNSのフォロワーが増えたみたいですね。

まだ営業先が満員になったりはしませんが、告知を拡散してもらえるおかげで、姉妹の知名度がちょっぴり上がったようです。

「そして大量の咳止め飴と、ひと粒五百円のチョコ。これが私たちの一年」

「わかっちゃいたけど、食べてばっかりの一年だね」

いずみさんが、たははと笑っています。

「人間は、食べもののことを考えない日は一日たりともない。その記憶がおいしかったり、楽しかったなら、幸せな一年だったってことだよ」

人と比べない幸せ、素敵ですよね。

「よくわかんないけど、どれもなつかしいね」

「そう感じるのは、いずみが成長した証明かもね。一年前が『ついこの間』に思えないなら、それだけ充実してたってことだし」

大人になると、昨日と同じ今日を送って一年を終えがちですからね。

「うーん……成長って、しないとだめなのかな」

いずみさん、なにか引っかかるみたいです。

「しなくてもいいんじゃない。成長は失敗が前提だし、失敗はしんどいし」

「じゃあわたし、気づかないうちに失敗してるってこと？」

「『へべす事件』とか、『燕尾服尻裂け』が、失敗じゃないとでも」

「衣装をスカートにしたのは、二重の意味で成長だったんだね……」

体積、という意味ではそうなりますね。

「いずみ。初めてお父さんのマジック見たときのこと、覚えてる？」

ちずさんが、ふっと話題を変えました。

「もちろん。小学校低学年の頃かな。テレビの演芸番組に出たんだよね」

「そして、すべり散らかした」

ちずさんちょっと、辛辣《しんらつ》すぎませんか。

「うん。わたしも正直、微妙だなって思った。お父さんは『テレビ用にレベルを落としたんだ』って、ぷんすかしてたけど」

いずみさんまで……お父さんの心中、お察しいたします。

「そのすぐあとだったかな。お父さん名誉挽回《ばんかい》のつもりか、初めて私たちを現場に連れてってくれたんだよ」

「公民館の催《もよお》しだよね。あのときは、どっかんどっかんウケてた」

「子どもが多かったからね。私も死ぬほど笑った」

やりましたね、お父さん。

「わたしはあのときに、将来マジシャンになろうって思ったんだよ」

いずみさんが言って、照れくさそうに鼻をこすりました。

「私もだよ。普段はめったに家にいないし、いるときはごろごろばっかりしてる。そんなお父さんに、あの一日でスターになられた」

遠回しな言いかたに、ちずさんのリスペクトを感じます。

「わたしもマジシャンになりたいって言ったら、お父さん泣いてたって」

たけどね。あとでお母さんに聞いたら、お父さん泣いてたって」

豆苗も、思わずもらい泣きですよ。

かまってやれなかった娘たちが、自分を認めてくれたのです。マジックしかできない不器用な父親には、こみ上げるものがあったでしょう。

「そんないい話じゃないよ。遊園地の約束破られたこと、私は根に持ってる。見かねた叔母さんが連れていってくれたけど、おかげで頭が上がらなくなったし」

それで叔母さんが、「第二の父親」と呼ばれていたんですね。

「でもわたしたち、お父さんと同じマジシャンになっちゃったねえ」

「いずみはあの演芸番組に出て、お父さんのリベンジしたいと思う？」

「思わなくは、ないんだけど……」

そこでいずみさんは、しばらく黙りました。

ちずさんは急《せ》かさずに、じっと答えを待っています。

「わたしはなんていうか、いまの生活も好きなんだよね。バイトしながらマジックするのも、家でちずちゃんとごろごろするのも」

「それがいずみの中では、成長したくないってことになると」

「矛盾してるよね」

いずみさんがまた、たははと笑いました。

「あきらめて試合が終了するのは、スポーツマンだけ。普通の人生はだらだらずっと続くんだから、自分が楽しいと思うことをやればいいよ」

「ちずちゃんは、それでいいの？　せっかくビジネス姉妹になったのに」

いずみさんは、自分が足を引っ張っている気がしているのでしょう。

「いいよ。だって私たちは、マジックがやりたいからビジネス姉妹になった。それってある意味、原点に戻っただけだよ」

「原点？」

いずみさんは、まるでピンときていない様子です。

「私がいずみを、『お姉ちゃん』と呼ばなくなった日だよ」

豆苗に声が出せたら、「ああっ！」と叫んでいたでしょう。

血がつながった姉妹の「ビジネス要素」は、ずっと気になっていました。

振り返ってみると、妙なところはあったんです。

姉のちずさんが、妹のいずみさんのお下がりを着ていたこととか。

妹のいずみさんが、ここぞというときは長女っぽく背中を押すこととか。

お父さんが姉妹を呼ぶ順番が、いずみ、ちず、だったこととか。

「そっか。わたしが『お姉ちゃん』って呼ばれなくなって、新しく知りあう人はみんなちずちゃんを『姉』だと思ってたもんね」

「私も面倒だから否定しなかったけど、いずみもそうだったよ」

「わたしはたぶん、『妹』になりたかったんだよ」

去年どちらが鍋を作るか決めていた際、いずみさんはこう言いました。

『ひどい。たまには甘やかしてよ。わたしはいつも……なんでもない』

姉妹の長には、「お姉ちゃんなんだから我慢しなさい」があります。

大人になってもうっかり不満が口に出かけるくらい、いずみさんは我慢をしてきた記憶があるんでしょうね。

それを察したからこそ、ちずさんもすぐに鍋を用意したんだと思います。

「私たちは、あの頃からビジネス姉妹をやっていた。いまは『私が姉です』って声に出すことで、それが仕事になってるだけ」

「ええとつまり、売れるためのビジネス姉妹じゃないってこと？」

「私の仕事は、名前の通り『地図』になること。お客さんを花咲く森へ誘《いざな》って、魔法の『泉』へ案内するだけ。それ以上でも以下でもない」

言っていることはベタなのに、ちずさんすごいドヤ顔です。

「そういえば、わたしときどき思うんだ。『いずみ』と『ちず』って、このままふたりでおばあちゃんになっても、かわいい名前だなって」

花森《はなもり》いずみはお姉さんで、花森ちずは妹さん。

けれどマジシャンユニット有馬《ありま》姉妹では、ちずさんが姉でいずみさんが妹。

その真実を知ったところで、ふたりの見かたは変わりません。

ちずさんといずみさんは、いまも昔もちずさんといずみさんですからね。

「あのさ、ちずちゃん。来年の柏餅は、こしあんでいいよ」

「つぶあんでいいよ。いずみと暮らして食べ慣れた」

できればふたりがおばあさんになるまで、豆苗はずっと見守っていたいです。

どうかみなさま、姉妹が豆苗に飽きないように祈ってくださいませ。

<初出>
本書は書き下ろしです。

◇◇メディアワークス文庫

種《たね》もしかけもない暮《く》らし
～花森《はなもり》姉妹《しまい》はいまが人生《じんせい》で一番楽《いちばんたの》しい～

鳩見《はとみ》すた

2022年11月25日　初版発行

発行者　山下直久
発行　株式会社KADOKAWA
〒102－8177　東京都千代田区富士見2－13－3
0570-002-301（ナビダイヤル）
装丁者　渡辺宏一（有限会社ニイナナニイゴオ）
印刷　株式会社暁印刷
製本　株式会社暁印刷

ISBN978-4-04-914705-6 C0193

メディアワークス文庫　https://mwbunko.com/

本書に対するご意見、ご感想をお寄せください。

あて先
〒102-8177　東京都千代田区富士見2-13-3
メディアワークス文庫編集部
「鳩見すた先生」係

◇◇◇